U0552860

亿男

〔日〕川村元气 著

王蕴洁 译

人民文学出版社
PEOPLE'S LITERATURE PUBLISHING HOUSE

著作权合同登记号　图字 01-2023-4962

图书在版编目（ＣＩＰ）数据

亿男 / （日）川村元气著；王蕴洁译 . -- 北京：人民文学出版社，2024

（川村元气作品系列）

ISBN 978-7-02-018566-5

Ⅰ . ①亿… Ⅱ . ①川… ②王… Ⅲ . ①长篇小说－日本－现代 Ⅳ . ① I313.45

中国国家版本馆 CIP 数据核字 (2024) 第 058964 号

责任编辑　胡司棋　张晓清
装帧设计　李苗苗

出版发行　人民文学出版社
社　　址　北京市朝内大街 166 号
邮政编码　100705

印　　刷　杭州钱江彩色印务有限公司
经　　销　全国新华书店等

字　　数　108 千字
开　　本　787 毫米×1092 毫米　1/32
印　　张　7.125
版　　次　2024 年 5 月北京第 1 版
印　　次　2024 年 5 月第 1 次印刷

书　　号　978-7-02-018566-5
定　　价　39.00 元

如有印装质量问题，请与本社图书销售中心调换。电话：010-65233595

目 录

楔子

一名过气谐星鼓励生病的芭蕾舞者："人生需要的只是勇气、想象力，还有少许金钱。"

谐星继续说道："奋战吧！为人生而战！享受生命，享受痛苦。生命很美好，也很美妙。人免不了一死，也无法躲过活着这件事。"

周五深夜。约七平米大的冰冷房间内，一男从壁橱里拖出沉重的行李袋时，想起了卓别林《舞台春秋》中的这一幕。

原本企图自杀的芭蕾舞者从卓别林饰演的谐星那里得到了勇气和想象力，重新站了起来。最后一幕，卓别林注视着芭蕾舞者在舞台上华丽舞姿的表情令人难以忘记。

只不过有一个鲜为人知的事实。卓别林在写下这句台词之前，拿到了一年六十七万美元（大约相当于现在的九亿日元）、绝对不是"少许"的签约金。在签约后，他茫然地站在纽约时代广场正中央，看着大屏幕上显示的有关自己签约金的新闻。

当时的卓别林幸福吗？

一男缓缓打开旅行袋，在脑海中依次回想起这三个星期以来所发生的事。但每次都心潮起伏不已，记忆一团混乱，简直就像是随便乱剪辑的电影，他至今仍然觉得自己身处未醒的梦境中。

他打开旅行袋，里面装满了捆着纸条的百万日元纸钞。一男轻轻拿出整叠整叠的一万日元大钞，摆在榻榻米上。三百叠一万日元大钞，地上是三亿日元上的福泽谕吉①的脸，他真的是那个留下"天不在人上造人，亦不在人下造人"这句话的人吗？

没有人相信"有钱，就有幸福"这句话。

变成有钱人，住豪宅、天天吃大餐不再是每个人追求的幸福。我们周围有太多亿万富翁家庭失和，或是暴发户吃牢饭的新闻。

但是，大家也知道"即使没钱，也可以得到幸福"这种话是骗人的。

———————————

① 一万日元纸币上的头像，日本近代思想家。

丰富的心灵比财富更重要绝对是谎言，果真如此的话，应该会遇到更多发现"金钱买不到的幸福"的人。

一男盘腿坐在摆满榻榻米的三亿日元上，持续思考着金钱和幸福的关系，但他不认为自己能够找到答案。

那该怎么办呢？

"请你告诉我金钱和幸福的关系。"

一男忍不住问福泽谕吉。

榻榻米上所有的谕吉都同时陷入了沉思，每个谕吉都露出深思的表情。一男目不转睛地看着他们，期待他们可以告诉他答案。

"这个嘛，嗯，那个噢……"沉思良久，谕吉严肃地开了口，"金钱和幸福的关系，总而言之，其实、那个……我也想了很久很久，直到现在还没有想出所以然，真是抱歉啊。"

一男抛开愚蠢的妄想，无力地倒在三亿日元上。他不经意地垂下双眼，发现无数个谕吉都在注视着自己。

他们似乎还在寻找答案。

一男的世界

听说野口英世 ① 和樋口一叶 ② 都很穷困潦倒。

野口英世出生在穷人家，虽然成为成功的医学家，有着人人称颂的成功故事，但他经常把身上的钱花得精光；樋口一叶写了《青梅竹马》，成为一流作家之后，仍然需要靠借钱度日，在二十四岁去世之前，一直是个一贫如洗的穷人。

深受贫穷之苦的人，在死后竟然变成了纸币，不知道他们有何感想。

"贫穷必定乐趣无穷，否则不可能有那么多穷人。"

以前看过一本谈论金钱的书上有这样一句话。这句话告诉我们的不是享受贫穷的方法，而是这个世界在金钱的问题上充满了讽刺。

一男也是因为充满讽刺的某一天所发生的事，才成为这三亿日元的主人。

_____

① 一千日元纸币上的头像。

② 五百日元纸币上的头像。

三个星期前的星期五。

那一天，一男在图书馆的柜台前整理读者归还的书。

他每天早上八点半到图书馆上班，打开馆内的电灯，打开电脑，做好开馆的准备。在九点图书馆开馆之后，他一整天都坐在柜台内为读者办理借书手续，整理归还的图书，或是把书放回书架。图书馆内的时间静静流逝，远离世间的喧嚣。一男很喜欢这种感觉。

"呃……打扰一下。"

一个瘦骨嶙峋的年轻人站在面前，他一头凌乱的头发，脸上冒着胡碴，身上的运动服领口都松了。他不是个重考生，就是个打工族。年轻人忍着呵欠开口问他："如何变成有钱人……之类的书放在哪里？"

这个问题也问得太笼统了。

一男有点困惑地回答："你是说……想找如何变成有钱人的实用书吗？"

"对，就是类似那种的书。"

"这个噢……有一本畅销书，专门比较有钱人和穷人的不同，还有一本总结了犹太富豪的金玉良言，都算是这类书籍中具代表性的，除此以外，还有一些书籍介绍致富的方法比较奇特，比方说，使用长款钱包，或是靠风水搜集黄色的东西，以及和有钱人结婚，诸如此类的。"一男很有图书馆员的架势，气定神闲地回答，"二楼的商业书籍区的 B 书架上，有很多这种类型的书，你可以去找一找。"

瘦骨嶙峋的年轻人没有看他一眼，对他鞠了一躬，缓缓走上了楼梯。

一男目送着他的背影离去时在想，不知道他看了商业书籍区 B 书架上的书，能不能成为有钱人。这个世界上充斥着"成为有钱人的书"，也有不计其数的畅销书，但到底有没有人看了这些书，真的成了有钱人？

即使如此，每天仍然有很多人来借"成为有钱人的书"，简直就像在寻求藏宝图，但是没有人发现，那座岛上根本没有宝藏（或是已经被挖光了）。

下午五点。图书馆慵懒的铃声响起。

一男穿上羊毛牛角扣大衣，把东西收进小型背包后，离开了图书馆。但他并不是回家，而是搭乘了三十分钟电车，在一个安静的车站下了车。他在车站前的牛肉盖浇饭店里吃了简单的晚餐，然后沿着昏暗的河岸走了十五分钟，来到一家巨大的面包工厂。

一男在放着一排置物柜的狭小更衣室里换上白色工作服，戴上口罩，把塑料帽戴在头上，然后站在输送带前，把不断转到自己面前的面团揉成面包的形状。除了中间有一个小时的休息时间以外，他都要持续不停地和输送带上的面团奋战。这是个永无止境的单调作业，酵母的味道呛鼻，强烈的睡意不断袭来，令人脑袋昏昏沉沉。他渐渐觉得自己变成了面包，面包变成了自己。

一男的弟弟在两年前失踪了。

弟弟留下了妻子和两个孩子（一对活力充沛的兄弟）突然消失。不仅如此，弟弟还留下了三千万日元的债务。一男得知这件事后，决定由自己扛起这笔债务。他的父母手头并不宽裕，也没有可以借钱周转的亲戚。

一男的妻子和岳父母都说要援助他，妻子说："你不必介意，我的父母也就是你的父母，遇到困难的时候，就要找父母帮忙。"但一男拒绝了，他不想造成妻子和岳父母的困扰，更重要的是，他为弟弟的所作所为感到羞耻，所以不愿意接受任何人的援助。

他不愿意回想接下来那两年的生活。

每天回到家，他就和妻子争执不休，冲突的原因往往是些孩子或是家事等微不足道的小事，现在回想起来，所有的事情都和钱有关。虽然双方极力避免触及这个话题，但原因是显而易见的。半年后，妻子带着独生女离家出走（妻子在百货公司上班，有一定的收入），之后他就开始了一年半的分居生活。

一男为了还清弟弟的债务，白天在图书馆上班，晚上站在面包工厂的输送带前，每个月共有四十万日元的收入，扣除妻子、女儿和自己的生活费以外的二十万日元，他都拿去还债。包括利息在内，要三十多年才能还清那笔债务。

朋友都劝他，还有更高效率的赚钱方法，一男也知道，但这种没日没夜工作的生活，可以淡化这场飞来横祸般的悲剧。把所有的时间都投入在工作上，也许可以忘记眼前让自己深受折磨的"金钱现实"问题。

"货币是新型的奴隶制度。"

身为大作家的托尔斯泰宣告和金钱诀别，始终过着清贫的生活，其中有个鲜为人知的事实：他的妻子花钱如流水，夫妻之间整天吵架。最后，八十一岁的作家离家出走，在寒冬的俄罗斯街头走了三天三夜，倒在车站断了气。他终究无可避免地成为了金钱的奴隶。

一男也和托尔斯泰一样，无论再怎么不愿面对，都无法逃避"金钱的现实",一男已经深切体会到,原来贫困是如此悲惨和令人痛苦。

凌晨三点下班的一男从漆黑的后门离开了面包工厂。睡意和疲劳沉重地压在他身上,他觉得身体好像已经不是自己的,但也只能迈着沙袋般的沉重步伐,回到工厂旁的宿舍。

随着沉闷的金属声,他走上楼梯,打开薄薄的木门,黑、白、灰三色大理石纹路的漂亮小猫(上个月看到有人丢弃在河岸,他就捡了回来)醒了,喵喵地叫着走到他的脚下。

"等一下,马克·扎克伯格。"

一男为小猫取了个和年纪轻轻就成为亿万富翁的科技新贵相同的名字,把猫食和水放在它面前。可爱的扎克伯格心无二用地吃饭时,他走出房间,去公用的浴室冲了澡。从外面走回家里那短短的数十秒时间,身体就变冷了。他泡了咖啡,吃了之前买的香蕉和工厂发的吐司面包当作早餐。他看着电视里的新闻节目,和扎克伯格玩耍了一阵子,突然像电池耗尽般睡着了。

一觉醒来，已经十一点多了。

"惨了，快来不及了。"一男摸着扎克伯格的头站了起来，慌忙从衣柜里拿出很少穿的西装（在量贩店买的深灰色西装）穿在身上，笨拙地系上海军蓝的领带，套上皮鞋，离开了宿舍。

"啊哟，真难得啊，"住在隔壁的一位上了年纪的同事擦身而过时向他打招呼，"今天要约会吗？"

"是啊，"一男腼腆地回答，"也算是啦。"

"慢走啊，玩得开心点。"

一男挥挥手，回应了同事，一路跑向车站。

在电车上摇晃了四十五分钟，绿色和蓝色的风景渐渐变成了灰色，大楼越来越高。他在市中心的某个车站下了车，那里漂亮的街道很受好评。他穿越仿佛置身国外的街道，看到一家宛如法国豪宅般的高级餐厅。漆黑的大门、光可鉴人的大理石地板。他紧张地报上了预约时的名字，走进了餐厅。餐厅不大，但内部装潢很有品位，餐厅内有十五张餐桌。打扮得光鲜亮丽、看起来不需要为钱发愁的男男女女正在享用餐点。

有一个显然和这里的环境格格不入的小学女生也坐

在这里。她背着红色书包，坐在椅子上，无聊地晃动着两条腿。

"圆华，对不起，让你久等了。"一男快步走向餐桌，在椅子上坐了下来。

"爸爸，你这么晚才来！我打算再等三分钟，如果你还不来，我就要回家了。"

一男的女儿叫圆华，和大部分父亲一样，一男也觉得"自己的前世情人是个美人坯子"。今天是女儿的九岁生日，一男咬了咬牙，请她在高级法国餐厅吃午餐。中午的套餐要四千日元，父女两人就得花八千日元，这些钱可以买八十个一男每天做的面包。为了这一餐、这一个小时，一男要工作一天一夜。以前玛丽·安托瓦内特王后①曾经对因为贫穷而深受饥饿之苦的民众说，"没有面包，可以吃蛋糕"，饮食的价值的确最难判断。

"请问要什么饮料？"

身穿黑色西装、身材高大的服务生来到桌旁问道。

"呃……"圆华目不转睛地打量菜单之后，对服务生说，"请给我白饭。"

---

① 法国国王路易十六的王后。

"圆华……一开始就吃白饭太奇怪了，而且菜单上也没有白饭啊。"

一男困惑地说。

圆华仍然晃着两条腿，丝毫不觉得尴尬。

"好的，我去和主厨商量一下。"

服务生并没有在意，彬彬有礼地回答后，面带笑容转身离开了。

几分钟后，开胃菜的芝麻叶沙拉和装了白饭的盘子一起放在了圆华面前。服务生向圆华眨了眨眼，轻轻笑了笑，圆华也对服务生露出微笑。女儿今天不是对着自己，而是对着英俊的服务生露出第一个笑容，这件事让一男有点不爽，但他还是摊开餐巾，放在腿上。

圆华从红色背包中拿出画了哆啦 A 梦图案的香松瓶子，把"哆啦 A 梦香松"撒在白饭上吃了起来。咔兹、咔兹、咔兹。安静的餐厅内可以听到她咬着香松白饭的声音。时间在周围那些打扮入时的男男女女的苦笑中一分一秒地过去。

"最近还好吗？"一男决定不理会这件事，问圆华的近况。

"哪方面？"圆华回答。

"学校啊，开心吗？"

"普普通通。"

"你妈妈还好吗？"

"哪方面？"

"身体还好吗？"

"身体很好啊。"

谈话无法持续。小时候，一男经常牵着女儿的手出门，一起去洗澡，还陪她上床睡觉，如今连聊天都变得有一搭没一搭的。他做梦都没有想到，自己竟然成了这种不知道该怎么和女儿聊天的父亲。

一男像个攀岩者在寻找下一个该抓的岩石般，绞尽脑汁找话题，但谈话仍然无法持续。即将跌落的一男带着求助的心情问圆华："对了，差不多要举行汇报演出了吧？"

"对，一个月后。"

"练习很辛苦吗？"

"很辛苦，"圆华已经吃完了香松白饭，用餐巾擦着嘴回答，"但芭蕾很好玩啊。"

一男没有参加女儿去年的演出，因为妻子不希望他参加。芭蕾教室会有很多认识的朋友，大家都知道他们已经分居。虽然他也可以假装成和睦的家庭去参加（他认为应该有不少这样的家庭），但妻子向来不喜欢说谎。

"今年妈妈也会去吗？"

"应该吧，但她工作好像很忙，搞不好没时间来参加。"

"这么忙吗？你一个人在家不会寂寞吗？"

"我没事。"

女儿因为父母的关系而感到寂寞。一男觉得如坐针毡。只要有钱，就可以避免这种情况。他不由得这么想，也开始觉得也许当初该接受妻子的提议，由她的娘家代为清偿那笔债务。

但是，人往往在面对无可挽回的结果时，才会知道什么是正确的决定。

服务生送来了马铃薯冷汤。圆华吃着香松白饭配冷汤，之后又送来了香煎鲂鱼和菲力牛排，但圆华几乎都没吃，就连看到偷偷为她准备的蛋糕都无动于衷，一男的意外惊喜策略完全失败。

"你想要什么生日礼物？"

一男吃蛋糕时问。

"嗯，还没想好。"

圆华咬着写着"生日快乐①"的巧克力片回答。

"你不必客气，爸爸并不是没有钱。"

"但不是要还——给别人吗？不是要还债吗？"

"嗯，虽然是这样，但你不必在意这件事。"

"我没有什么想要的礼物。"

"噢……那等你想到了，爸爸给你买。"

走出餐厅后，一男和圆华一起走在大街上。

假日的街道上挤满了携家带眷的人群。小孩子追着父亲，大声欢笑着；母亲把哇哇大哭的婴儿抱在怀里摇晃着。这些幸福的家庭应该都住在市中心的高级住宅区，只要有钱，就可以有幸福的家庭吗？他看看低着头、无精打采地走在自己身旁的女儿，忍不住想要流泪。

一男默然不语地走着，圆华也低头迈步。周围的风景好像抛下他们般迅速向后移动。等他们回过神来时，发现已经来到了车站。

离别的时刻即将到了。虽然明知道这一点，父女俩仍然相对无言。车站所在的购物中心正在举办抽奖活动，

---

① 原文为英文。

携家带眷的人潮大排长龙。只要购物满三千日元，就可以参加一次抽奖。写着"豪华奖品"的牌子挂得高高的，头奖是夏威夷旅行。

圆华看着那块牌子停下了脚步。

"你想去夏威夷吗？"

"不想。"圆华摇了摇头。

一男再度顺着圆华的视线望去，发现她并不是看着夏威夷，而是看着三等奖的自行车。那是一辆绿色自行车。

"你想要新的自行车吗？"

"没有啊。"

"要不要去抽奖？"

"不用了，还要花钱买不需要的东西。"

第一次买自行车送给圆华至今已有四年了，一男想象着圆华的身体缩在小自行车上，踩着踏板的身影。女儿甚至不敢要求自己为她买一辆区区几万日元的自行车。

"如果你们有兴趣，这个送你们。"

身旁突然传来一个声音。一男他们站在抽奖会场前迟迟不愿离去，一位老妇人可能看了于心不忍，递给他们一张抽奖券。

"不，不用，谢谢你，"一男谢绝道，"我们只是好奇看一下。"

"没关系，没关系，反正我也不可能抽中大奖，"老妇人看着堆积如山的安慰奖纸巾笑着说道，"我活了八十年，从来没有中过奖。"

"那我就不客气收下了。"一男接过抽奖券。

"谢谢。"圆华也鞠躬。

"祝你们好运！"老妇人摸了摸圆华的头，走上自动扶梯离开了。

父女两个站在长长队伍的最后等待抽奖。前方不时传来当当钟声，宣告有人抽中了不错的奖品。一男每次都很担心自行车被人抽走了。

回想起来，一男从小到大，也没中过大奖。和刚才那位老妇人一样，通常都是带几包纸巾回家。即使难得中奖，也只是几百日元的商品券而已。久而久之，他觉得自己的人生和抽中夏威夷旅行或是高级家电这种大奖无缘，甚至从来没有遇到过能够抽中夏威夷旅行之类大奖的人。即使如此，他仍然每次都不假思索地挑战抽奖，理所当然地带着纸巾回家。这种状况正如有钱人和穷人之间的差别，认为自己只能抽中纸巾的人，就一辈子只能抽中纸巾。只有能够明确想象自己抽中夏威夷旅行的人，才能抽中夏威夷旅行，如同那些能够成为有钱人的人，他们都能够明确想象自己成为有钱人的样子。

一男排队时想着这些事，很快就轮到了他。他把抽奖券交给工作人员，握住把手，转动着八角形的箱子（那个箱子到底叫什么名字），发出了嘎啦嘎啦的声音。一男那一刻在心里拼命默念着自行车，不一会儿，一颗黄色小珠子掉了下来。

"四等奖！十张彩票！"工作人员大声宣布，并当当当地敲响了钟。

"对不起……没有抽中自行车。"

临别时，一男在站台上对圆华说。

"没关系啊，"圆华回答，"你还真的以为能抽中吗？"

"是啊，因为我用了念力，但没这么容易抽中……"

一男叹着气。他吐出的气变成了白色，融化在紫色的天空中。

这时，圆华轻轻握着一男的手。她的手温暖又柔软；原本觉得女儿长大了，没想到她的手还那么小，一男忍不住想起以前每天牵着她的手走在路上的情形。

一男惊讶地看着圆华，圆华害羞地低着头。没错，女儿从小就能看穿我的所思所想，每当发现我心情沮丧时，就对我特别温柔。

一男比圆华稍微用力地回握了她的手。

"如果看到什么喜欢的东西，爸爸下次买给你。"

"爸爸，你不需要这么硬撑，"圆华低着头回答，"因为这不像你。"

电车驶进了站台。

"再见。"圆华道别后，背着红背包的矮小身影冲进了电车。

在车门缓缓关起的瞬间，一男大叫着说："生日快乐！"

圆华在关闭的门内说："谢谢。"然后轻轻笑了笑。

十天后，事件发生了。

那天晚上，一男在冰冷黑暗的房间内看着笔记本电脑亮闪闪的屏幕，几乎快把屏幕都看穿一个洞。然后，他重重地叹了一口气，关上了电脑，钻进被窝。小猫马克·扎克伯格缩在被子里睡着了。一男闭上眼睛，配合扎克伯格轻微的鼻息呼吸，但是，他怎么也睡不着。在被子里翻来覆去一个小时后，他离开被子，再度打开电脑，注视着屏幕。光是今天，他已经重复了相同的动作超过十次以上。

他中奖了。

三亿日元。

九位数的数字在电脑屏幕上闪烁。

一男将手上彩票上的号码和电脑屏幕中显示的中奖号码比较，无论确认几次，都完全一样。

"三亿日元……三亿日元。"一男好像在念咒语般重复嘀咕着。他试图借由一次一次咀嚼这个数字，平静自己的心情，但是，这排数字简直就像是阿拉伯文，迟迟无法进入他的脑海。

如果那位老妇人知道这件事，不知道是不是会后悔？啊，我活了八十年，以前抽奖时，每次都抽到纸巾，没想到在人生的最后关头，竟然有三亿日元在等待我。天下竟然有这种悲剧？老妇人会不会这么想？但是有人没中奖，就代表有人会中奖。如同有穷人，才会有富人。

无论如何，都必须让心情平静下来。

一男在网站首页的搜索栏输入"彩票、中奖者"几个字后按了点击，想要在网络上寻找同类。一男看了随着鼠标嗒嗒的声音出现在最上方的文字，不禁感到愕然。

彩票中奖者的悲惨人生

其中出现了地狱、露馅、家庭崩溃、失业、诈欺、失踪、死亡等负面的字眼。搜索彩票的相关内容，竟然看到一连串悲剧。

土耳其的一名木匠买彩票中了高额奖金后，工作不顺利，和妻子离婚，最后甚至进了监狱；德国的一名邮差中奖后，亲戚朋友都持续向他借钱，最后他下落不明，被发现时，已经变成一具白骨；一名美国女高中生十五岁就中了奖，不断做丰胸和整形手术，最后沉迷毒品，走向毁灭……

"懂得用钱之道，和赚钱一样难。"

比尔·盖茨成为世界首富时，曾经说过这句话。

网络世界中充斥着世界各地彩票中奖者的悲剧，似乎证明了这句话的真实性。

"大部分中了彩票高额奖金的人，十年后都恢复了原来的生活。"

用这句令人绝望的话作为总结的网页有超过两百万人次的浏览记录，而且有五百个人为这个报道不幸内容的网站点赞。一男以极其具体的方式了解到"他人的不幸甘如蜜"这句话的意思。

以前曾经听说，日本上班族一辈子可以赚三亿日元，一男在一眨眼的工夫就得到了别人一辈子的薪水。他每天没日没夜工作，年薪五百万日元，这张彩票相当于他六十年的薪水。

简直就像是科幻小说，瞬间移动了半个世纪的人生，但不可能白白得到这个好处。无论在任何世界，瞬间移动和穿越时空的人都会为此付出代价，遭遇灾难。

一男在妄想的世界不断瞬间移动。他冲破大气层，穿越月亮，飞过冥王星，跳进黑洞，然后回到这个狭小的房间。

电脑屏幕的画面突然摇晃起来，他陷入了沉睡。

小猫扎克伯格喵喵地叫，抓着一男的 T 恤领子，一男醒了过来。一看闹钟，早上七点多，差不多该去上班了，但他觉得很不舒服，而且在目前的混乱状况下，根本无心工作。一男深呼吸后，打电话给图书馆的同事，请他为自己代班。

挂上电话后，一男把彩票放进口袋，走出家门。他缓缓走下楼梯，以免发出声音，走出宿舍大门后，开始跑了起来。他甩动手臂，跨着大步，沿着河岸奔跑。心脏剧烈跳动，几乎快跳了出来，还不断对他发出"快跑"的命令。他的脚底发烫，胸口发闷，但仍然持续奔跑。

一男冲进车站附近的银行，上气不接下气地站在柜台前，把彩票递过去。柜台的女员工静静地接过彩票，放在小小的方形机器中，屏幕上出现了中奖金额。一男探头张望，看到液晶屏幕上出现了九位数的数字。三亿日元。无论看多少次，都没有真实感。他茫然地看着这排数字，女员工小声对他说："请您稍候片刻。"然后站了起来，跑向并排坐在柜台后方的一胖一瘦的男员工。

"恭喜您中奖！"

走进贵宾室，瘦瘦的男员工笑着递上了名片，名片上印着"分行经理"的头衔。接着，另一个胖胖的男员工也说着："恭喜您中奖！"递上了印着"课长"头衔的名片。

"不好意思，那就先和您谈正事……"分行经理很快露出严肃的表情说，"因为您这次的中奖金额超过一百万日元，所以需要进行鉴定作业……"

"鉴定是指……"一男问道。

"由我们将彩票送去总行进行鉴定，一个星期内将会通知您结果。可不可以先麻烦您填写这份资料？"

分行经理说完，递上一张印着"高额彩票保管收据"的单子。

一男默默点了点头，签完名后，盖了印章。

"另外，我们会提供这份小册子给中奖金额超过一千万日元的中奖者参考。"

分行经理说完，把一本像是文库本大小的册子交给一男。

小册子的封面上印着《"那天"之后读本》。

封面上画着男女老幼带着灿烂笑容仰望天空，难道这是在暗示中奖者都是天之骄子的意思吗？

他翻开封面。

恭喜您中奖。此刻，您一定对突然造访的幸运感到惊讶和喜悦，同时，面对这个前所未有的经验，或许有点不安。本书收录了律师、心理医生和金融规划师等专家提供的各项建议，希望能够消除您内心的不安和疑问，本书内容按照中奖之后，该着手进行的事项顺序加以介绍。

但是，本书中所介绍的只是很普遍的内容，无法解决中奖者从现在到未来可能会面临的所有不安和问题。而且不用说，该如何使用这笔奖金的最终决定权掌握在您的手上，希望您能够在阅读本书的过程中，逐渐思考这些问题。

在这篇搞不懂是亲切还是冷漠的莫名其妙的序文之后，写着"为了安全起见，请将奖金存入银行等账户""如非绝对必要，绝对不要带现金回家""等一下，等平静之后再这么做也不迟""必须意识到，刚中奖后的自己处于兴奋状态""重新检视自己的性格和习惯""必须了解到，时间是最好的朋友""检查自己有没有变得过度神经质""兴奋后的不安，是恢复以往自己的过程""即使中了奖，自己并没有改变""认识到中奖只是得到幸福的手段之一""为了以防万一，写下遗书"等，以排列的方式，列举了中奖人的心得，一男觉得好像在看什么哲学书或是自我启发的书籍。

"希望您能够充分思考后，再决定如何使用奖金。"

　　分行经理看到一男浏览完小册子后说道。

　　"虽然这么说很失礼，但彩票高额奖金的中奖人往往会陷入混乱，然后因为这种混乱而浪费了奖金。"

　　"我想也是，我看到一个网站上写着许多买彩票中了高额奖金的人，人生都很不幸。"

　　"虽然无法一竿子打翻一船人，但也不能说这些故事都是无中生有。许多人因为生活突然发生改变，最后甚至举债度日，也有人为亲戚和朋友的嫉妒和对金钱的贪婪而烦恼不已，甚至有人遇到诈欺和抢劫，所以不要轻易向他人透露这件事。"

　　经常听人说，一旦中了奖，亲戚和朋友会突然增加。一男觉得这是无可避免的情况，就好像在密闭房间的垃圾桶会飞出很多苍蝇。但会造成这种情况的原因，在于中奖者请教的对象，把中奖的消息告诉了别人，结果就一传十，十传百，变得天下皆知了。也就是说，问题不是出在密闭的房间，那些垃圾才是问题所在，所以，这件事绝对不能告诉任何人。

　　"本行建议您慢慢花时间和我们一起讨论奖金的运用计划。"

　　分行经理一口气说完后，课长把一份份简介排在桌子上说："这是本行的定期存款方案，这是投资信托方案，同时为您准备了人寿保险和个人年金等多种不同方案，我们会根据您的需求，为您量身打造最合理的理财规划。"

一男觉得应该听从他们的建议，银行工作人员是金融方面的专家，说的话准没错。

一男用力深呼吸后回答说："好，那我先存起来。"

离开银行的回家路上，一男觉得饥肠辘辘，走进了一家牛肉盖浇饭店。他从早上就没有吃任何东西，现在已经傍晚了。

他坐在吧台右侧的第二个座位看着菜单，然后打开钱包一看，发现身上有两千八百日元。平时他向来都点最便宜的猪肉饭，但今天点了最贵的大碗牛肉饭，还加了味噌汤、酱菜和鸡蛋，外加沙拉。他狼吞虎咽地吃完"豪华大餐"，结账时发现比平时贵一倍，但也没有超过一千日元。

走出牛肉盖浇饭店，他想起家里的鲜奶喝完了，于是走进斜对面的一家超市。他拿着购物篮去鲜奶区，所有的牛奶都排得整整齐齐。他平时都毫不犹豫地拿起最便宜的牛奶，但今天不一样。他拿起白底上印着蓝色文字、包装设计看起来很干净的牛奶盒放进了购物篮。以前他曾经在促销时买过这种鲜奶，觉得很好喝。多花八十日元的奢侈。买完鲜奶后，他又走去面包区，今天不吃工厂配给的吐司，而是买了英式玛芬。这也是一餐多付八十日元的奢侈。他又接着买了天然黄油，而不是人造奶油。香菇也买了日本产的，而不是进口的，最后更大手笔地买了进口的香蕉。

陀思妥耶夫斯基曾经说："金钱是被铸造出来的自由。"

金钱或许无法买到幸福，但至少可以得到自由——做自己喜欢的事的自由，以及不必做自己讨厌的事的自由。

他以前从来没想过要住在高楼大厦，开进口车，也不认为那是幸福的生活。虽然债务缠身，贫困潦倒，但并不是因为酸葡萄心理才那么认为。然而，如今手上有了三亿日元，一男发现自己得到了自由——得到了买最好喝的鲜奶，而不是最便宜鲜奶的自由；得到了买自己最想吃的面包，而不是最便宜面包的自由。

同时他感到愕然，原来就只是这种程度的自由而已。陀思妥耶夫斯基说的这句"金钱带来自由"的话，对一男来说，就只是鲜奶和面包的问题而已。一男站在超市里，茫然地久久看着琳琅满目的商品。

回到家里，扎克伯格喵喵叫着，跑到一男的脚下。

一男人把猫食和刚买的"好喝"鲜奶分别装进猫碗，打开了电脑，在搜索栏内输入"巨款、使用方法"后，点了鼠标。

"如果我有巨款""有钱人让钱滚钱的方法""聊聊有趣的用钱方法"。

一串串文字不断出现在屏幕上，一男将目光停留在其中一行字上。

亿男的格言

竟然有这种名字的网站，网站中就像精彩压轴戏般大肆介绍了亿万富翁和伟人所说的关于金钱的名言。

"只要我什么都不买，这辈子就有花不完的钱。""金钱是好仆人，却也是坏主人。""对我的人生影响最大的一本书，就是银行存折。""金钱就像肥料，四处撒才能发挥作用，如果堆在一处，就会发出恶臭。""年轻时，曾经认为金钱是人生最重要的东西，如今上了年纪，发现果真如此。"

一男看着无数"亿男"说的话，忍不住想到，有这么多"格言"存在，已经成为大家的共识，但几乎大部分人都无法成为有钱人，而且一辈子都不知道这些话真正的意思，就和去图书馆借"变成有钱人"的书的那个年轻人一样。

一男在昨天之前也是如此，讽刺的是，得到三亿日元的现在，他才觉得自己第一次充分了解这些话的真正意思。原来自己也加入了"亿男"的行列。

一男在"亿男的格言"中发现了歌舞伎剧本作家默阿弥的话："地狱的事也要靠钱搞定。"

他忍不住苦笑起来。如果默阿弥的这句话属实，他也许有机会和妻女破镜重圆，也许可以用金钱买回因为金钱而失去的幸福。

一男拿出手机，寻找妻子的电话。"我中了彩票！中了三亿日元！可以立刻还清债务，也可以买房子、买车子，想出国去哪个国家旅行都没问题。一家三口找时间去吃法国大餐，想吃寿司或是烤肉也都没问题，大家一起来庆祝！"他想一口气对妻子这么说，却迟迟无法按下通话键，两年的时间所形成的鸿沟深深地挡在他们中间。自己必须调整好心情，思考适当的话语，冷静地告诉妻子，才能填补这片空白。一男放下手机，再度看着电脑屏幕，目光停留在网站的最后一句话上。

　　　　人生需要的只是勇气、想象力，还有少许金钱。

　　　　　　　　　　　　　　　　　　查理·卓别林

　　一男想起了告诉他这句话的人。

　　对他说这句话的是他人生第一个也是最后一个好友。无论在他之前，或是在他之后，他都是唯一有资格称为好友的人。一男心想，如果要找人商量，当然非他莫属。

　　也许更早之前，一男就已经知道了这个答案，只是犹豫的心情绑住了他，然而，卓别林的话推了他一把，他拨打了那个熟悉的电话号码。

　　十五年来，他第一次拨打那个电话。

九十九的钱

"寿命无限寿命无限……生命绵延至五劫……"

大学教室内打造的小型舞台上，一个鬈毛男坐在座垫上嘀嘀咕咕说着话。他驼着背，略微低着头，看起来很没有自信。

"多福多寿如海底砂、水里鱼，水湍流、云来往、风起落……食无忧，睡无虑，住无愁……"

一男目不转睛地看着舞台上的鬈毛男。他穿着黑色西装，系着灰色领带。一男猜想他和自己一样，也是新生。一男刚才被穿着和服的强势学长带来这个教室，看着正在表演落语①的新生。眼前的景象很奇妙，然而，鬈毛男的样子吸引了一男。

"生命力旺盛如小巷盛开的紫金牛，富强王国派波国，派波国的长寿国王秀林根，长寿国王秀林根的长寿王妃格琳黛……"

鬈毛男越说越快，身体也越挺越直，口齿也越来越

---

① 落语是日本的一种传统曲艺形式，表演方式和中国的单口相声非常相似。

清晰，就像纠结在一起的毛线渐渐解开了。一男注视着他，整个人好像被吸了过去。

"长寿王妃格琳黛的长寿公主彭波可比和彭波可娜的长命无限的长助，今天不去上学吗？"

教室内响起窃笑声（教室内身穿和服的人和穿西装的新生各占一半），鬈毛男没有等笑声停止，就琅琅地继续说道："啊哟，是阿金啊，谢谢你来找我家的少爷，但我家的寿命无限寿命无限，生命绵延至五劫，多福多寿如海底砂、水里鱼，水湍流、云来往、风起落……食无忧，睡无虑，住无愁，生命力旺盛如小巷盛开的紫金牛，富强王国派波国，派波国的长寿国王秀林根，长寿国王秀林根的长寿王妃格琳黛，长寿王妃格琳黛的长寿公主彭波可比和彭波可娜的长命无限的长助还在睡觉。我这就去叫他起床，你稍微等一下。赶快起床吧，寿命无限寿命无限……"

观众席上的笑声越来越大，鬈毛男接受了这些笑声，却又充耳不闻，宛如在唱歌般表演完落语。当他表演完毕，教室内那些身穿和服的学长报以热烈的掌声和喝彩。

一男和他周围的新生也都情不自禁地为他鼓掌。

鬈毛男从舞台上走了下来，转眼之间，就恢复了驼背、低头的样子。当那些穿着和服的学长围着他说"太厉害了！""马上可以成为主力！"时，他也（用几乎听不到的声音）嘀嘀咕咕地回应。

鬈毛男当场被半强迫填写了加入社团申请书，当他终于摆脱围着他的和服学长时，一男上前同他打招呼。那是一男有生以来第一次和初次见面的人说话。可能因为太激动了，他对于像自己一样内向的人竟然能够在众人面前完成出色的表演，发自内心地感动不已。

"你的落语太厉害了，虽然我第一次听落语，嗯，太有意思了。"

"谢……谢谢你。"

驼背、低着头的鬈毛男维持着这个姿势，转动着眼珠子看着一男，那双眼睛简直就像躲在停车场车子底下看过来的黑猫，那个眼神似乎在仔细观察眼前这个人是否值得信赖。

"你，你叫一男……是吗？你也要加……加入落语研究社吗？"

"啊？嗯，我并没有这个打算，只是硬被带来这里，我对落语一窍不通，更没有胆量在众人面前说话。"

"是……是啊……"

"但是，你的表演很出色，非常有趣，就连我这个对落语一窍不通的人，也觉得太棒了。"

"谢谢，但……但是，我只是全部背下来而已。"

"只是背下来而已吗？"

"把落语名家的录音带全部背下来，连即兴表演的段子也全……全部背下来。"

"落语就这样而已？"

"对啊，与其自己写一些乱七八糟的段子，还不如全都背下来，直接表演别人的段子，尤其是像我这种类型的人。"

"噢，是这样吗？"

"就是这样，日文中，'学习'这个字的词源就是'模仿'，无论任何事都从模仿开始。"

"噢……你这个人真的很有意思。我可以请教你的名字吗？"

"我叫九……九十九。"

"九十九？"

"对，九……九十九，读成 tsu-ku-mo。"

"噢，九十九，很高兴认识你。"

"彼……彼此彼此，一男。"

一男当场填写了加入落语研究社的申请表，和九十九一起加入了这个社团。那已经是二十年前的往事了。

一男读的是文学院，九十九读理工学院。

一男从不认真上课，每天都冲去社团活动室混时间。傍晚时，他和从早上第一节就开始认真上课的九十九会合，然后两个人一起看落语的录影带到晚上，在大学旁一家装潢像咖啡店的居酒屋稍微喝点酒再回家。四年期间，几乎每天都维持相同的生活。

九十九没有辜负学长的期待，成为了活跃、出色的学生落语家。二年级时，已经成为落语研究社中能够赢得最多笑声的落语家。一男多次挑战的段子始终说不好，几乎都在台下当观众，但是，当受九十九之邀去专门表演日本传统娱乐剧目的寄席剧场看表演时，落语的魅力深深吸引了他。

他们几乎每周都去寄席剧场报到，从古典落语到新创落语，从新人落语家到资深落语家，只要有他们喜爱的落语，他们都去观看。一男喜欢通俗易懂、逗趣好笑的剧目，九十九则喜欢笑中带温馨的故事。九十九说，他也想要研究主要在京都和大阪一带表演的上方落语，所以他们曾经搭夜间游览车（两个人都很穷），去大阪看落语。九十九重复听名家的录音带，一次又一次看录像带，不断模仿，磨炼自己的技巧。

毕业公演时，一男表演了九十九教他的《寿命无限》，九十九则表演了拿手的《芝滨》作为压轴。公演的最后一天，学弟分头招揽观众，设置了舞台的教室内挤满了超过一百名观众。九十九演的《芝滨》精湛无比，堪称集大成的代表作。观众捧腹大笑，最后都流下了眼泪。

为了没出息的老公而演了一场戏的妻子的最后告白，那一幕让很多观众都流下了眼泪。当九十九说完最后一句"不然又做梦就惨了"，然后在台上鞠躬时，全场的观众都发自内心为他鼓掌。

大学四年期间，一男和九十九形影不离。三百六十五天，他们并没有做什么特别的事，也没有特别聊什么，但一直如影随形。如今一男觉得，即便没有特别的目的或原因，也能够在一起的朋友，才是真正的好友。对一男而言，九十九是第一个也是最后一个好友，对九十九而言，必定也会是如此。

"一男和九十九相加是一百，你们两个人加在一起，才终于成为百分之百。"落语研究社的成员经常这么调侃他们。

一男每次都笑着回答说："和九十九相比，我的确只有一而已。"九十九无论落语的能力，还是在校成绩都是顶级，写程式的才华也是理工系中的翘楚，教授都说，很多企业都希望能够招聘九十九进他们公司。虽然他俩如影相随，但九十九在所有方面都比一男优秀。

"如……如果没有你，我们就……就不可能成为一百，"每次遭到调侃，九十九都会约一男出来，一脸认真地对他说，"我自己不……不会订票，还会迷路，走不到剧场，绝……绝对不可能去大阪，而且也不可能一个人去社团活动室。我……我们两个人在一起，才终于成为百分之百，才能够完美。"

"我知道，大家只是开玩笑，你不必当真。你真的很认真。"一男笑着回答。

他们绝对信任对方，就好像表演空中飞人的杂技演员，一男和九十九之间建立了坚强的信赖关系。当时的一男和九十九在一起，才成了百分之百。

一男在市中心的地铁车站下了车，走过长长的石造地下通道，当他搭着很长的扶梯来到地面时，眼前出现一栋巨大的青绿色摩天大楼，简直就像参天大树高入云霄。

昨天晚上，一男打通了九十九的电话（幸好他的电话号码没变）。铃声响了五次之后，传来九十九的声音。他的声音听起来很冷淡，不知道房间内是否只有他一个人，周围非常安静。虽然十五年没有联络，但他们没有寒暄"好久不见"或是"最近好吗"，一男只是对他说："我有事想请教你。"九十九回答："那你来我家。"告诉他地址后，就挂上了电话。

今天，一男来到九十九在电话中告诉他的地址，发现那里是一栋巨大的高楼大厦，电视剧和电影也经常在这里取景，听说一个楼层的月租要五六千万日元。如果住在这里，一男的三亿日元在短短半年内就会消失。原来这个世界上还有这样使用三亿日元的方式。一男走进大楼入口，不由得为九十九和自己在这十五年期间产生了如此大的差距而感到愕然。

外资证券公司、电脑公司、法人的律师事务所、不动产投资公司、生化科技公司、瘦身中心、游戏公司和补习班，大楼内有各种不同行业的办公室，每家公司每个月都支付数千万日元的租金。这证明除了金融和电子产业以外，还有很多快速赚钱的方法，只是自己不知道而已。九十九就住在这种周围都是公司办公室的地方，一男走进电梯时，对这件事感到脑子有点乱。

毕业之后，落语研究社的成员也不时聚会。

一男几乎每次都参加，但九十九从来不参加。别人问到九十九的近况时，一男都回答"毕业之后，就和他没联络了"，他们猜想一男和九十九之间发生了什么事，也就没有再多问什么。

毕业大约十年左右，一男从难得参加聚会的学长口中听到了九十九的消息。那位学长在大型广告公司工作一段时间后自立门户，开了一家开发手机 App 的新创公司，大获成功，在年轻企业家的交流会上偶然遇见了九十九。

"九十九还好吗？"

一男忍不住问。

"他变成了有钱人，"学长说完笑了起来，"他成立了一家社群网站公司，公司非常成功，市值总额超过一千亿。"

"那真的是有钱人了。"

"是啊，不过他还和以前完全一样，驼着背，畏畏缩缩的。"

"九十九到哪里都还是九十九。"一男笑着说，但学长一脸严肃地说："但还是有不一样的地方，他可能和以前不一样了。"

"什么意思?"

"九十九看起来一脸无趣，我觉得他好像很烦躁。他周围有一些莫名其妙的开朗的人，每个人都笑得很大声，拍着手热闹不已，但只有被那些人围着的九十九始终低着头，不发一语，没有看任何人，也几乎不说话。反正看起来很无聊，虽然他应该很有钱……咦?你们以前不是好朋友吗?"

"是啊……毕业后渐行渐远了。"

"噢，大学时代的好朋友差不多都这样，但九十九以前和你在一起的时候看起来总是很开心。"

"是吗?他那时候不也总是低着头，小声说话吗?也从来不敢看别人的眼睛。"

"也许吧，但人不是有很多时候，即使外表看起来一样，内心却完全不一样了吗？"

"是这样吗？"

"对啊。总之，他在大学的时候看起来很开心，你真是傻瓜。"

"啊？我是傻瓜吗？"

"是啊，你是傻瓜，你和他同进同出，竟然连这件事都不知道。"

学长说完，笑着喝完了啤酒，然后高举着喝空的啤酒杯叫着："好久不见！我要啤酒！啤酒！"摇摇晃晃地走向后方的餐桌。

电梯在摩天大楼内升向高楼层。

一男茫然地看着好像小型模型般的东京街道，突然想起了之前忘得精光的这段对话，耳边清晰地响起学长说他"你真是傻瓜"这句话。找不到落脚点的这句话在一男的心里不停地打转。

电梯来到相当高的楼层后停了下来，一男走出电梯，沿着昏暗的走廊来到右侧尽头，拿起走廊尽头那道门旁的对讲机。对讲机的铃声响了几次后，没有人回答，就直接挂断了，接着传来门锁打开的声音。

一男缓缓打开门，看到了九十九。

清水模①的宽敞楼层空无一物，九十九坐在房间中央的地上，看着电脑，喝着可乐，然后大口大口地吃泡面。室内很暗，只有九十九的周围被很高的台灯照亮了。

原本可以站在大窗户前俯瞰东京的街道，但窗前整齐排列着无数泡面和可乐，形成了一道巨大的墙，挡住了阳光，看起来有点像安迪·沃霍尔的现代艺术。

"欢……欢迎啊，一男。"

九十九向茫然地站在那里的一男打招呼。他的声音、他的身影、像黑猫般的眼睛，都和十五年前一模一样。一男回想起九十九在落语研究社狭小活动室内的样子，那时候，他也经常用泡面和可乐打发三餐。一男觉得好像一切都改变了，却又什么都没改变。

"九十九，好久不见，你还是老样子。"

"嗯，嗯。"

"你那么有钱，可以吃很多美食啊。"

"我不想为食物烦……烦恼，太累了，我不愿去想这种事。"

---

① 建筑名词，指清水混凝土灌浆凝固拆模后，不再加以任何的装饰。

"你一个人住在办公室吗？"

"以前大家都在这……这里工作，现在解散之后，只剩下我一个人。搬家太麻烦了，所以就住在这里。"

"你的衣服全都是黑色的。"

"是啊，我买……买了够穿一年的相同衣服，用网……网购，所以不必担心，穿了就丢，没了就再买。"

"话说回来，你真的变成了有钱人，可以住在这种地方，你还记得卓别林的话吗？你以前曾经和我分享过。"

"人生需要的只是勇气、想象力，还有少许金钱。"

"没错没错，但你现在拥有的可不是少许金钱而已，你到底有多少钱？"

一男笑着问道，九十九啪嗒啪嗒地敲打着眼前的电脑键盘说："这一刻是一百五十七亿六千七百五十二万九千四百六十八日元。"

一男感到害怕。并不是因为这个金额吓到了他，而是九十九刚才看起来和大学时代没什么两样，但一谈到金钱，就口齿清晰、流利，好像变了一个人。

大学时，九十九在表演落语时，好像完全变成了不同的人。平时说话结结巴巴，一旦坐在高座上，就好像突然成了另一个人，说话清晰明了。社团的人都揶揄他是"化身博士",但他经常偏着头纳闷:"我搞不懂大家为什么这么说。"一男认为这一定是模仿的关系,他几乎每天听落语名家的录音带,像他们一样思考,用相同的方式观察事物。九十九经常说学习就是模仿,久而久之,他坐在高座上时,就变成了落语家,此刻在他身上也发生了相同的情况。

一男猜想九十九在毕业之后,就一直用有钱人的方式思考、行动,也因此获得了庞大的资产,久而久之,他在金钱的问题上无所不知,最后也变成了"有钱人",就像大学时成功地变成了"落语家"一样,但这也同时代表九十九发生了决定性的改变。虽然九十九的外形和声音都和以前一模一样,却完全变成了另一个人。

十五年前,一男和九十九的关系突然结束了。

毕业前夕,他们一起去摩洛哥的古都马拉喀什旅行。在那里发生了一起"事件",九十九在金钱方面做出了人生决定性的选择。十五年来,一男和九十九从来没见过面。不要说见面,甚至没有打过电话或用电子邮件联络过,两个人之间的关系彻底中断。

"我会找到金钱和幸福之间的答案。"

那一天，九十九站在无垠的沙漠上，看着美得让人流泪的朝阳说。

那时候，九十九已决定未来的自己将生活在远离一男的地方。

十五年来，一男始终把九十九在那天说的话藏在心灵深处。

"九十九……你看清金钱的真面目了吗？"

九十九露出紧张的表情。沉默片刻后，一男继续问道："你可以告诉我金钱和幸福的答案吗？"

"一男，你……你怎么一开口就问这种问题？"

"我有三千万日元的债务，弟弟突然失踪了，那是弟弟留下的债务。我打算无论用多少年，都要努力工作偿还这笔债务，但现在已经没必要了。"

"为……为什么？"

"我中了彩票，现在手上有三亿日元。也许对你来说，只是微不足道的金额，但对我而言，是一笔巨款，只是我现在不知道该怎么办。我上网查了一下，很多中奖的人都遭遇了不幸，银行的人也一再警告我，大家都威胁说，金钱会带来不幸。我虽然有这么多钱，但目前陷入了混乱。"

九十九不发一语，用那双黑猫般的眼睛注视着一男。一男望着他的眼睛继续说道："所以我希望你告诉我使用金钱的方法，以及金钱和幸福的答案。"

"好，你……你先坐吧，一男。"

一男在九十九对面的地上坐了下来。水泥地有点凉，一男有点不安。

"你喜……喜欢钱吗？"

"当然喜欢啊，世界上没有人讨厌钱。"

"你想成为有钱人吗？"

"如果我说不想，那就是骗人的。"

"那我问你，你知道一万日元纸钞的大小吗？"

一男对这个突如其来的问题感到有点慌乱，把福泽谕吉在脑袋里横放直放又旋转。

他想了一下，但还是想不出答案。

"九十九，对不起，我不知道。"

"长一百六十毫米，宽七十六毫米，"九十九回答后，再度问道，"你知道一万日元纸钞的重量吗？"

"不知道。"

"一克。顺便告诉你，一日元也是一克，一万日元纸钞和一日元硬币的重量相同。"

九十九的口齿越来越清晰，而且说话速度也逐渐加快，就像当时表演《寿命无限》时一样，如同解开了纠结在一起的毛线。

"五千日元纸钞长一百五十六毫米，宽七十六毫米。一千日元纸钞长一百五十毫米，宽七十六毫米。五百日元硬币重七克，一百日元硬币重四点八克。五十日元是四克，十日元是四点五克，五日元是三点七五克。"

"九十九……你太厉害了。"

"一点都不厉害，只要查一下，马上就知道了。即使不必调查，用尺量、用秤稍微称一下重量，只要五分钟就可以知道答案。一男，我必须告诉你一件事，那就是你根本不喜欢钱。因为你会在意自己的体重、家人喜爱的食物和喜欢的女人的生日，却完全不想了解每天都接触的金钱的大小和重量。如果你真的有兴趣，应该会想要知道有关金钱所有的一切，会仔细研究纸币用什么颜色印刷，上面画了什么，但是你至今为止应该从来没有研究过这种事，也不想了解，所以，你对钱根本没有兴趣。"

他说得对。我之前完全不曾想要了解钱币本身，也没有任何人告诉我，无论父母或学校，都没有教我这些事。

九十九继续说道："相反地，你一直把金钱视为妖孽。钱会带来不幸，有金钱买不到的幸福，你因为这些借口对金钱感到害怕，逃避金钱，所以，你对金钱的大小、重量一无所知。你排斥的东西当然不可能主动找上门，你之所以无法成为有钱人，不是因为你没有才华，也不是缺少运气，而是你没有做任何成为有钱人该做的事。"

九十九一口气说完后，用力叹了一口气。他刚才可能太激动了，所以大口喝着可乐，大口吃着泡面，接着说："一男，你应该听过福泽谕吉那句'天不在人上造人，亦不在人下造人'的话吧？"

"听过啊，是不是《劝学篇》？"

"你是不是觉得那句话在说，'人人皆平等'之类的意思？"

"对啊，不是这样吗？"

"不是。"

"不是吗？"

"你知道之后的文章内容吗？"九十九一口气背了起

来，"然环顾广大的人间世界，有智者，有愚者，有穷人，亦有富人；有人高贵，有人低贱，其差异如天壤之别，显而易见。诚如《实语教》所言：'人不学则无智，无智者即愚人'，贤人与愚人之差，取决于学与不学。"

"那是什么意思？九十九。"

"也就是说，'身份的贵贱高低并非与生俱来，而是取决于有无学问。'我彻底学习了有关金钱的一切，因为不愿意成为金钱的奴隶，所以我努力赚钱，就和落语一样。对钱的事一无所知，却想要成为有钱人，印在一万日元纸钞上的那个人不可能接受这种事。"

"我知道了，我对钱的事太无知了。果真如此的话，那我接下来该怎么办……我要怎么处理那三亿日元？"

一男问，九十九目不转睛地看着一男说："你有没有调查过？"

"调查中彩票的人过着怎样的人生吗？我调查了，大家的下场都很悲惨，所以我陷入混乱，才会来找你。"

九十九深深地叹了一口气。

"你错了。"

"我错了？"

"你果然对钱一无所知，当然对彩票也一无所知，你所知道的，就是在网络上查到的一些廉价消息。太荒唐了。首先，你知道每年有几个人中了超过一亿日元的彩票吗？"

一男想了一下，但还是无法想象，所以只能闭口不语。

"你别以为自己有多特别。每年有五百个人中了超过一亿日元的彩票，也就是说，光是这十年，人数就超过了五千人。有很多像你一样的人，为什么你会觉得有特别的事发生在自己身上？网络上那些不幸的故事，都是大多数没有中奖的人因为嫉妒而特地挑出来或是杜撰出来的。他们挑出一部分悲惨的例子添油加醋、大肆宣扬。一男，我再次重申，光是这十年，就有五千人中了大额彩票。你一点都不特别。"

每年有五百人和一男一样，中了高额奖金。其中有一部分人和他一样，看着网络上写的那些悲剧，害怕自己也即将成为悲剧的主角。然而，大部分人都理所当然地领取了数亿奖金，过着一如往常（或是比以前稍微富裕）的生活。

"一男，你根本不想知道只要稍微调查一下，就能够知道的一些理所当然的规则。在金钱的世界，只有了解这些规则的人才能致富，不知道的人就一辈子都是穷光蛋。这和打扑克牌和下西洋棋一样，有着对每个人都很公平的规则，只要了解这些规则，努力学习直到能够战胜对手，然后在行动之前充分思考，就可以决定胜败。无论打牌或是下棋，赢的人只是该赢而赢；输的人也是该输而输，道理完全一样。"

规则对每个人都是公平的。

一男在心里小声重复这句话。

并没有什么特殊的规则，正因为如此，真正的有钱人即使一度失去了财富，仍然可以再赚回来。因为他们了解"金钱的规则"，正因为这是对所有人都很公平的规则，即使输得一败涂地，了解"制胜方法"的人仍然有很多机会可以赢回来。

"我差不多该回答你的问题了，"一男满脸茫然，九十九继续说道，"你知道国外的有钱人怎么说日本人吗？"

"怎么说？"

"临死是一辈子最有钱的时候。你中了三亿日元，在进坟墓之前却没有看过一眼三亿日元的现金，简直太荒唐了。我大致能够想象银行的人会对你说什么，但我认

为你应该马上把全额现金领出来。到死之前都没有看过
三亿日元，只有三亿日元的数字写在存折上的人生，和
能够实际看到、摸到三亿日元的人生，如果可以选择，
我绝对建议你选择后者。"

翌日，一男像往常一样去图书馆上班，晚上去面包
工厂揉面团。凌晨回到家中喂马克·扎克伯格，然后看
电视，小睡几个小时，再度去图书馆上班。九十九告诉
一男这个世界的规则，一男在了解这些规则后，得以带
着平静的心情过日子，觉得自己也能够好好面对即将到
手的三亿日元。于是，他觉得无论在图书馆工作，还是
拼命揉面团，或是喂猫吃饭，都有了"活着"的真实感。

去图书馆上班、揉面团、喂猫吃饭，在重复了五次
这种固定生活节奏后的星期五，一男接到了银行的通知。
中奖的彩票已经鉴定完成，奖金已经汇入账户。

这一天，一男提早离开了图书馆，去附近量贩店买
了最便宜的人造皮旅行袋后直奔银行。然后提领了三亿
日元现金，塞进了旅行袋，带回了面包工厂旁的宿舍。

他无法忘记当他说"我要提领全额"时，分行经理
和课长的表情。虽然他们用极其冷静和客气的语气说

"我们会担心你的安全""请你先冷静思考一下",但他们显然慌了手脚。看着他们的样子,一男开始感到不安,怀疑自己是不是犯下了重大的判断错误,但一言既出,驷马难追,只能看着他们把三亿日元塞进旅行袋。

那一夜,一男无法入睡。无法想象住在斗室的自己和三亿日元的现金存在于同一个空间,如果有人踹破那道薄薄的木板门,或是打破看起来就很穷酸的玻璃窗他就完蛋了。一男发挥了所有的想象力,想象着自己的三亿日元被人抢走的情况。邻居或强盗,还有意大利黑手党都来到一男的家里,想要抢走三亿日元。每次幻想结束,他都忍不住从壁橱内拿出旅行袋,把三百叠百万日元大钞排放在地上,看着这些钱,然后坐在或躺在上面,有时候也会和福泽谕吉聊上几句。

这期间,只有马克·扎克伯格一如往常地安稳睡在推到房间角落的被子里。一男并不觉得奇怪,因为对猫来说,只知道有一堆纸放在地上,既不是猫食,也不是牛奶,它当然不可能兴奋,更不可能紧张。扎克伯格不时醒来,对着一男喵喵叫几声,好像在说:"这些纸根本不重要,你安静一点好吗?别扰我清梦。"

翌日星期天，一男带上装了三亿日元的旅行袋，前往九十九所住的摩天大楼。如果一张一万日元是一克，三万张就是三十公斤。他想到三亿日元现金，就觉得很可怕，但只要认为是三十公斤的行李，心情就轻松多了。

"简……简直是绝景啊。"

九十九打开旅行袋时说道，然后抽出五叠百万日元，撕开纸条说："一……一万日元的现金雨！"说完，把整叠钞票撒向空中。一男的眼前出现了只有在老旧的电视剧中才会看到的景象。五百个福泽谕吉飘然而落，一男慌忙想要捡起来，九十九制止了他，当场打了好几通电话。

从总店在银座的高级寿司店的寿司师傅，到配有侍酒师的香槟（香槟比侍酒师的出场费用贵很多）、酒店小姐、模特儿、写真偶像都纷纷上门，还来了不少知名歌手、相扑力士、DJ、变性艺人、歌舞伎演员。两个小时后，热闹得简直翻了天。

知名歌手随着DJ的节奏，认真地唱起成为电影主题曲的甜美民谣；相扑力士把香槟倒进模特儿的靴子里，一口气喝干了；身穿泳装的写真偶像走进寿司吧台内，把寿司做成了饭团；歌舞伎演员把饭团一样的寿司硬是塞进了侍酒师的嘴里，一旁的酒店小姐见状哈哈大笑。

　　九十九坐在远处看着眼前的狂欢，用可乐兑着金色标签上画着黑色星星的酒瓶里的香槟喝了起来，无所事事的一男坐在九十九身旁，小口喝着这款香槟。

　　"我问你，你现在为什么还住在这栋大楼？"变性艺人走了过来，问九十九，"这栋大楼感觉已经不流行了。"

　　"因为简单明了，"九十九喝着香槟可乐，口齿清晰地回答，"简单明了很重要，因为谁都知道，所以不需要说明。事实上，你们都很快就找到这里了，所以我选择这栋大楼。香槟就得喝这种黑星的，车子就要开有一匹马标志的红色车子，简单明了最重要。"

　　大学时代，九十九在谈论落语时，经常说："简单明了并不一定就是好。"这句话至今应该仍然是九十九内心的信念，只是现在的九十九说他"不想思考"。他对房子、食物和衣服都没有兴趣，也不执着，既然这样，所以选择了"简单明了"。总之，除了金钱以外，他放弃了思考所有的事。

　　"你这个人真不讲究！"

　　变性艺人可能已经喝醉了，拍着手放声大笑着。

　　九十九大声反驳。

　　"别说我不讲究！人只对信用付钱，每个人都了解的

'简单明了'才有信用。信用卡的英文是 Credit card，你知道 Credit 是什么意思吗？不知道？我劝你马上去查字典。Credit 就是信用，那并不是金钱的卡片，而是信用的卡片，金钱的实体就是信用。"

人类的欲望和快乐会在转眼之间吞噬周围的人，少许的理性和常识会立刻遭到驱逐。

一男在摩天大楼的高楼层大啖高级寿司，狂饮香槟，在美女的包围下，在福泽谕吉的地毯上狂欢，渐渐觉得自己变成了钱。他突然想到自己站在面包工厂输送带前的身影。在拼命揉面团之后，渐渐分不清自己和面团的界限。如今，他也不知道是自己变成了钱，还是钱变成了自己。有生以来第一次喝黑星香槟，他并不觉得好喝，却为他壮了胆。当他回过神，发现自己在打电话给妻子。

妻子在电话彼端不知道说着什么，他断断续续听到了"怎么了？""你在干吗？""这么晚了""你在想什么啊"之类不满的话语。他根本听不进妻子说的话，大叫着淹没了妻子的声音。

"万佐子，我有钱了！"一男更大声地对着电话叫道，"啊？真的啊！我每天像蚂蚁一样工作，老天有眼，所以可以收下这笔钱。你废话少说，叫圆华来听电话！睡觉了？马上去叫她起床！啊？知道了，我知道啦，那你转告她，不管是自行车还是其他东西，我都买给她，再贵也没有关系，她想要什么，我通通买给她。不必担心学费的问题，不管是不是私立，想读哪里就读哪里。还有，我会马上还清债务，我会马上把债务还清！"

有人打破了灯泡，房间内一片漆黑。

泡面和可乐筑起的墙倒塌，东京的夜景好像海啸般从破洞扑了过来。在分不清是天堂还是地狱的景象中，一男被灌了很多酒，时而清醒，时而失去了意识。窗外闪烁的灯光照了进来，散在地上的高级寿司的"残骸"和打破的香槟瓶子发出微光。地上有一只红色高跟鞋、金色假发和脱下的泳装。分不清是男是女的裸体身影踩着散落在地毯上的万元大钞疯狂摇摆。

一男巡视室内，发现有人独自坐在角落眺望着夜景。是九十九。他的表情看起来很落寞，一男摇摇晃晃地走过去对他说："你应该经常这么玩吧？"

"经常啊，但……但已经腻了。"

"你应该做过所有用钱能够办到的事吧？"

"我……我只是模……模仿有钱人的行动，用这种方式学习。"

"所以，你看清了钱的真相了吗？有没有找到金钱和幸福的答案？"

"快……快看清楚了，但每次快要看清楚时，又一下子从指间溜走了。但是……"

"但是？"

"我清楚知……知道一件事，人类的意志无法控制三……三件事。"

"哪三件？"

"死亡、爱情，还有金钱。"

"噢……"

"但……但是，只有金钱不一样。"

"什么意思？"

"总之，只有金钱不一样……至于其中的理由，下次告诉你。"

一男看向窗外，隔着崩塌的墙，看着闪着金光的高塔。看着在黑暗中闪亮的高塔，一男有一种置身梦境的感觉，他躺在地上，闭上了眼睛。在陷入沉睡之际，九十九说的话留在一男的耳边。

"一男，那座高塔……远观时比较美。"

翌日早晨，一男被刺眼的朝阳照醒了。

房间内已经整理干净，恢复了一男初次造访时的样子，只有一件事不同了。

九十九不见了。

也许一切都是梦，然而，这不可能是梦。九十九一定去买咖啡了。一男这么告诉自己，继续留在原地等待。

十分钟。他静静地等待，九十九并没有回来。二十分钟。他打电话给九十九，但电话转到了语音信箱。三十分钟。九十九还是没有回来。四十分钟。一男有了不祥的预感。五十分钟。一男突然想到一件事，在房间内走来走去。

一个小时。

一男脸色苍白地站在宽敞的房间中央。他上气不接下气，心脏剧烈跳动，好像有一股力量从耳朵内侧挤压鼓膜。他觉得胃好像被推了上来，一阵反胃，他直接吐在水泥地上，胃里空无一物，像水一样的呕吐物弄脏了地板。

祸不单行。

装了三亿日元的旅行袋和九十九一起消失了。

十和子的爱

两个银行抢匪成功抢劫到一大笔钱，逃进了雪山。

他们打算越过那座山逃去邻国，但遇到了大雪。雪下得很大，几乎看不到前方。两个男人感受到生命危险，找到一个洞窟便冲了进去，但洞窟里仍然很冷。身体越来越冷，两个男人打开皮包，把记事本、书和地图等皮包里的东西都拿出来烧火取暖，但火势无法持续，很快就灭了。他们接着烧鞋子、烧衣服，终于全都烧完了，只剩下一样东西，那就是抢来的钱。两个男人光着身体看着那些钱，看了很久，最后大叫着："与其烧钱，还不如死了算了。"两个男人抱在一起，就这样冻死了。

以前看过的一本书上，有这样的笑话。

在金钱的世界中，有无数类似的故事。金钱从诞生至今，就不断考验人类的理性和良心。

苏格拉底曾经说："在了解有钱人如何使用金钱之前，不得称赞他。"

这句话千真万确。

金钱可以考验人性，许多人都无法通过金钱的考验。

一男也不例外。

九十九和三亿日元一起消失了。

一男茫然地站在宽敞的房间中央。从高楼俯视的街景就像立体模型，失去了远近的感觉，他似乎还需要一点时间才能接受这个现实。当遇到极其冲击的事时，人不会尖声惊叫，也不会暴跳如雷，只会茫然地愣在原地。

经过了完全没有真实感的数分钟后，身体好像解冻般，慢慢动了起来。

一男所做的第一件事，就是找遍九十九的家里。他向排在窗边的泡面和可乐后方张望，把手伸进墙边衣架上的整排黑色衣服内，都寻不着九十九和三亿日元。他想到水泥地板和墙壁可能有隐形门，所以摸遍每一个角落，但当然不可能找到这种在角色扮演游戏中才会出现的东西。就像手机不见时，会一次又一次寻找一样，他在相同的地方找了两三次，仍然不见九十九和三亿日元的踪影。他们彻底消失无踪。

一男走在强风吹拂、两旁都是高楼的街道上，打电话给妻子万佐子。电话铃声响了八九次。万佐子没有接电话。他想起自己昨天曾经对着电话大叫："我有钱了！"

电话转入语音信箱，寒风吹来，强烈的后悔感也同时向他扑来。他挂上电话，在路上奔跑起来，想要甩掉羞愧和绝望。他想赶快离开这里。

他回到面包工厂，用力关上宿舍门后把门锁了起来。

昨天放了三亿日元的房间此刻感觉格外空荡。

"喵呜。"小猫马克·扎克伯格喵喵叫着，来到一男的脚下。它似乎察觉到一男的绝望，温暖的身体依偎在他身旁，似乎想要鼓励他。

"扎克伯格……你什么都看得一清二楚。"

"喵呜，喵呜。"

"虽然你每次都假装根本不理会我的心情。"

"喵呜，喵呜。"

"当我真正难过的时候，你就会来陪我。"

"喵呜。"

扎克伯格一脸担心地抬头看着一男，喉咙发出咕噜咕噜的声音。

一男忍不住紧紧抱住小猫，哭着说："怎么办……你救救我。"扎克伯格一脸受不了的表情轻轻叫了一声"喵"，转身离开了一男的脚下。它翻脸比翻书还快，扎克伯格收起了刚才的温柔声音，压低嗓子又"喵"了一声，好像在说"谁允许你这么放肆！"，要求赶快给它吃饭。一男发现自己中了小猫的"糖果和鞭子"的计，很受打击地把猫食倒进了猫碗里。

但是，他不能只是沮丧而已。

无论如何都要找到九十九，把三亿日元拿回来。一男在昨晚知道了彩票高额奖金中奖人可能遇到的情况，同时也了解只有冷静掌握事实，才能避免悲剧的发生。一男打开电脑，进入搜索页面，输入了九十九的名字。随着鼠标嗒嗒嗒的声音，屏幕上出现了九十九以前创立的那家网络公司的名字。他再度点击，发现网页上写着那家公司去年遭到并购，之后就解散了。

一男又点击了好几个网页，试图寻找九十九的下落。他按照时间顺序排列公司活动的网页，突然看到一个漂亮的女人。那个女人看起来不到三十五岁，白皙的脸，一头栗色长鬈发，穿着合身的粗呢套装，脚蹬黑色漆皮高跟鞋，从照片中可以看出她是个很有抱负的人。他在网页中继续搜寻她的身影，发现了九十九和她的合影。

那可能是某场派对的照片。九十九低着头，那个女人紧紧靠在他身旁，露出甜美的微笑。女人名叫十和子。一男凭直觉认为，她可能会提供寻找九十九下落的线索，但眼下只知道她的名字，该如何找到她呢？一男听着扎克伯格吃猫食的声音，茫然地看着在十和子身旁低着头的九十九。

隔天之后，一男利用图书馆工作的空当，从报刊杂志的报道中搜集九十九的消息，其中有不少网站上根本找不到的重要资讯。他根据那些资讯，在落语研究社学长的协助下，从几个认识九十九的人口中打听到了更详细的消息。然后，他用网络和电话确认了新得到的关键字，终于在三天后查到了十和子家里的电话。

这三天之中，一男得知，九十九创立的公司卖给了大型电信公司，获利平分给当时创立公司时的三名股东，十和子就是其中之一。她是九十九的秘书兼公关，八卦版上有人说她是九十九的女友。

一男打电话给十和子，铃声还没有响，当事人就接起了电话。一男告诉她，自己是九十九的朋友，九十九目前下落不明，自己正在找他。没想到十和子既没有拒绝，也没有推却，在电话中说了自家的地址，"那就请你明天来我家"，然后挂上了电话。她动听的声音萦绕在一男的耳际。

一男换了几辆电车，一路往西。

他在最靠近十和子家的车站下车后，又转搭公交车，前往十和子告诉他的地址。公交车驶上两旁都是欧式风格建筑的坡道，又经过一片郁郁葱葱的树林后，前方小山丘上出现了一片灰色的住宅区。那是个大型住宅区。一男下了公交车，走在宛如俄罗斯方块般的住宅区中间，前往目的地的 J 栋（这片住宅区的 A 栋到 K 栋都排列得井然有序）。每一栋住宅区都很老旧，油漆剥落，瓷砖也掉落了。一男难以把这片住宅区和十和子联系在一起，在网页上那张照片中，十和子露出美丽的笑容，看起来充满对金钱和权力的欲求。然而，一男此刻正走向和这种感觉完全相反的住宅。

一男来到 J 栋，沿着楼梯上了五楼。

各个楼层的房门前都放着三轮车或是网球拍之类的东西，但有三分之一的房子没有住人。楼梯的栏杆生了锈，原本应该是白色的水泥墙也都发黑了。

来到五楼，他按响了装在油漆剥落的门中央的门铃。"叮咚"，尖锐的门铃声后，传来啪嗒啪嗒的脚步声，门锁开了。嘎吱嘎吱，门发出沉闷的金属声音也打开了，十和子探出头，正是在网页上看到的那个漂亮女人，只是头发成了黑色直发，穿着简单的米色连衣裙。虽然看起来仍然很有气质，但似乎刻意打扮成很朴素。这身打扮很适合这片住宅区，只是朴素的发型和服装反而更衬托出她的美貌。

"附近有一个公园，我们去那里谈。"十和子小声地说。

"你是不是很惊讶？"

慢慢走向公园时，十和子问一男。

"老实说，的确感到惊讶。"

一男巡视着宛如俄罗斯方块般的住宅区房子回答。

"这里是公务员宿舍，每月房租只要两万日元，"十和子静静地说，"我丈夫在距离这里十分钟车程的市公所上班。"

"原来是这样……"

"你好像很意外。"

"不，不是的。"

"没关系，我自己也很清楚。"

十和子说完，走进公园，在木制长椅上坐了下来。

一男坐在她身旁，打量着眼前的公园。

这个正方形的小公园四周都是住宅区，虽然公园不大，但有秋千、体能攀爬架、滑梯和沙坑等基本游乐设施，住宅区的房子和公园都按照规定建造。公园周围的树木上没有树叶，放眼望去，那是一片灰蒙蒙的世界。虽然是大白天，公园内却静悄悄的，不见孩子和他们母亲的身影。一男觉得这里看起来冷清，却有一种熟悉的感觉，他茫然地看着无人的公园，觉得自己来到了遥远的地方。

咚！背后突然传来声音，一男回头一看，十和子不知道什么时候走去了设置在公园入口的自动贩卖机前，正在买饮料。

"很冷吧，"十和子双手抱着两罐饮料走了回来，轻轻笑着问道，"你想喝什么？咖啡还是红茶？"

"谢谢你……"一男不禁为见面之后十和子第一次露出的笑容感到一丝心动，"那我喝咖啡。"

他从十和子手上接过罐装咖啡后喝了一口，双手捧着咖啡，手心感受着它的温度，有点发麻的感觉。

"我可以请教你关于九十九的事吗？"

"请便啊，因为你不就是为此而来的吗？"

"九十九带着我的钱消失了，三亿日元，那是我中彩票的钱。"

"我不知道该说什么。"十和子小声地嘟哝。

"我和九十九是大学时代的好朋友，但毕业之后，我们整整十五年没有见面，甚至没有联络。但是，在我突然得到一笔巨款之后，九十九是我唯一可以请教的对象。我认为他在和我没有来往的十五年期间，都在和钱打交道，正因为如此，他应该知道金钱和幸福的答案，引导我的人生走向正确的方向。最重要的是，我对手上突然有这么大一笔钱感到害怕，只能向九十九求助。"

"我很想帮你……"十和子说，"只是很抱歉，你路途遥远地来找我，但我已经很久没有和他见面了，也不知道他目前人在哪里。"

"我也猜想到了，但还是感谢你愿意见我，我很想和你见上一面。"

"即使我并不知道他的下落吗？"

"对。我当然想找到九十九，把我的钱要回来，因为有某种原因，我必须把钱要回来，只是我至今仍然无法相信九十九偷了我的钱逃走了。因为他腰缠万贯，根本不需要偷我的钱，但他为什么要这么做？想到这里，我发现了一件事，原来我根本不了解眼下的九十九是个怎样的人，也不了解这十五年来，他发生了什么事，他是否变了，还是完全没有变。我对他一无所知，如果不了解这些情况，我就无法找回三亿日元，所以决定来拜访你。"

"我的确了解他这十五年来的一部分，但并不知道他为什么会偷走你的钱。"

"我想多了解九十九，想要知道他努力寻找的关于金钱和幸福的答案。你曾经在九十九身边工作，也一起赚了大钱，我猜想你应该知道这件事。"

一男一口气说完后，拿起罐装咖啡喝了起来。

公园内仍然很安静，远处传来孩子从幼儿园放学回家的吵闹声音。十和子打开了一直握在手上的红茶，喝了一口，目不转睛地看着打开的罐口，平静地开口说了起来。

"好吧，在说九十九的事之前，首先要先说说我自己的情况。也许你觉得两者没有关系，但说了我自己的事之后，才能回答你想要知道的问题。虽然说来话长，可能你会觉得很无聊，因为我要说的故事很痛苦，但是，我对他所做的事有间接的罪恶感，既然你已经找上门来，我必须对和你之间的谈话负起责任。"

"谢谢你。"

"有一件事要先声明。"

"什么事？"

"我一直很讨厌钱。"

"讨厌？"

"你是不是难以相信？但我从小就讨厌钱，甚至到了痛恨的程度。"

"为什么？"

"我生长在贫困的单亲家庭，从我懂事的时候开始，我妈就必须靠打好几份工，才独自把我养大。我妈是远近闻名的美女，虽然很穷，但很有伦理观念，她经常告诉我，不可以为钱而活，金钱会使人堕落。当我从钱包里拿出硬币或纸币玩耍时，她都会很生气地骂我，说不可以碰这么脏的东西！脏死了！马上去洗手！对我妈来说，钱是脏东西，是必须避讳的东西。因为我妈对金钱这么嫌恶，我也渐渐觉得钱是脏东西。事实上，我家很穷，我因为没钱吃了不少苦，小时候我经常想，如果这个世界上没有钱，就不必受这些苦了。我一次又一次梦想金钱从世界上消失，但是，随着年龄的增长，金钱非但没有消失，反而在我内心占据了越来越重要的地位。"

十和子一口气说完后，双手捧着罐装红茶，继续慢慢地喝着。

"虽然自己这么说有点不好意思，我的容貌得天独厚，从高中开始，就有很多男生追求我。申请到奖学金上大学时，追求我的人就更多了。大部分都是家境富裕的同学，或是事业成功的年长男性。我当然会和这些有经济能力的男人谈恋爱，他们想用金钱收买我的容貌和芳心。他们买昂贵的衣服和首饰给我，有时候甚至送我出国旅行。许多男人带我出门，就像戴名牌表、穿名牌鞋一样随意。我也渐渐被金钱的魅力迷惑，只要凭自己的本意说出想要的东西，就可以得到。这种生活成为我的日常，但无论得到多么昂贵的东西，我都无法摆脱盘踞在内心的不安。虽然我想要钱想得胸口发痛，但同时对金钱又厌恶得想呕吐。有一次，我终于发现一件事。"

"发现了什么？"一男问。

"我以后也会一直痛恨金钱。"

"为什么？"

"我猜想应该是我太爱钱了。"

十和子说到这里，深深地叹了一口气，好像终于吐露出内心的黑暗，然后用淡茶色的眼睛看着一男。

"我每次谈恋爱，就会爱对方爱得无法自拔。虽然我很少主动去爱别人，几乎都是男人向我表白后开始交往，但随着时间的流逝，我会越来越爱对方，爱得无法自拔，最后甚至无法了解对方真正的心意，用激烈的态度或是哭闹逼迫对方。于是，那些男人就会渐渐和我保持距离，最后导致分手。一旦失恋，我就会对那个男人深恶痛绝，从他的容貌到性格都完全否定。经历多次类似的情况后，我发现一件事，一定是因为我太爱对方，所以才会讨厌他。"

"十和子小姐，我想很多女人都应该有类似的经验。"

"也许吧，但我和其他女人不同的是，我发现了一件事。"

"发现了一件事？"

"没错，我发现对我来说，男人和钱一样。因为我太爱钱，所以才会讨厌钱，但越是讨厌，就越无法逃离。"

"任何人都无法逃离金钱。"

"应该是，但我无论如何都不愿意自己去赚钱，变成有钱人。和谈恋爱一样，在金钱的问题上，我也不愿意主动。即使如此，我还是很想要钱，只有一个方法可以解决这种矛盾的状况，那就是嫁给有钱人。也许你会认为我很糟糕，但大部分女人眼中的钱应该并不是自己的钱，而是所爱的男人拥有的钱，只是女人并不一定要求对方是有钱人。不管是不是有钱人，女人都无法忽略自己所爱的男人有多少钱这件事。无论结婚或是生孩子，都必须在意对方的年收入和资产，所以如果有人问我，我是不是特别的女人，我认为绝对不是。"

公园内仍然没有其他人。

刚才从远处传来的孩子的声音不知道什么时候消失了，取而代之的是拍棉被的声音和直升机在空中盘旋的声音。伴随有规律的声音，十和子好像为了跟上这些节奏，继续说了下去："大学毕业后，我除了学会和容貌相符的打扮和谈吐举止以外，还懂得如何佯装可爱或清纯讨男人欢心，让身边的有钱人越来越多。我完全知道他们想要什么，又不希望我做什么。我曾经和几个有钱人交往，也许应该说是和一个又一个有钱人交往。我想嫁给他们，甚至也曾经到了谈婚论嫁，但最后都没有踏上红毯……"

"为什么？"

"一旦谈到结婚，要决定新居、婚礼时，我就渐渐搞不清楚自己是爱那个男人，还是爱他的钱，每次都临阵逃脱。虽然我发自内心渴求金钱，却又在追求金钱买不到的爱情。我痛恨这样的自己。"

"之后你遇见了九十九。"

"没错，我就是在经历多次这样的恋爱后，遇到了九十九。第一次在创业家的酒会上遇见他时，他被一群穿着花哨西装的男人包围，每个人都主动找他说话。他是崭露头角、前途无量的年轻创业家，每个人都想和他聊天。周围那些男人个个都自信满满，九十九却驼着背、低着头，不敢正视任何人，和其他人形成了显明的对比。我直觉地认为他和我很像，立刻主动找他说话，在和他一起工作之后，我们开始交往。"

十和子缓缓喝着罐装红茶，她的薄唇被茶水濡湿了，发出微光。一男忍不住看向她的嘴唇，发现她嘴唇的左下角有两颗很小的痣。

"我们开始了平静而幸福的生活。虽然工作非常忙，但九十九和他的合作伙伴有共同的理想，公司也不断成长。我们经常利用工作的空当约会，因为没有太多时间，我们只能在餐厅吃简单的餐点，或是当天来回去泡温泉，约会的内容都很简单。虽然他总觉得很对不起我，但我觉得那样就足够了。没想到他渐渐和其他男人一样，开始送我昂贵的鞋子和皮包，他以为我会因此得到满足，所以不再花时间陪我。久而久之，我和九十九的生活变成了我与其他男人交往时相同的模式。我终于体会到，金钱还是比人强，就连九十九都会变成那样。金钱会把人吞噬，吞噬人的个性、思想和所有的一切，把所有的人都平均化。"

"你和九十九最后怎么样了？"

一男很想知道结局，忍不住问道。

十和子淡淡地继续说了下去，好像没听到一男的问话。

"那个时候，有一家大型电信公司想要收购九十九的公司，九十九希望能够以原来的方式继续经营公司，但合作伙伴中有人因为惊人的收购价格失去了理智。每个人都主张各自的公正，相互猜忌、冲突，最后以相互扯后腿的方式，决定要卖掉公司。有部分持股的我也因此得到了超过十亿日元的现金。当时，我的脑海中浮现出自己至今为止爱过、恨过的那些有钱男人，于是再度搞不清楚自己到底是爱九十九，还是爱他的钱。他发现了这样的我，向我提出分手。"

"九十九说了什么？"

"光是回想，就会让我痛苦不已……"

"对不起，那就不必勉强……"

"不，我要说下去，"十和子闭上了眼睛，"他对我说，我们在一起不会幸福。因为只要无法在金钱问题上获得完全的自由，永远都会受到和爱同等强烈的憎恶支配，问题是我们再也不可能在金钱上得到自由。"

十和子的身体颤抖着。

一男无言以对。现在不能说任何话。

十和子低着头，闭着眼睛继续说道。

"和九十九分手之后，我辞去了工作，回到老家，之后的一年多时间，都在家照顾出现老年痴呆症状的妈妈。有一天，已经糊涂的妈妈突然对我说起了爸爸的事。妈妈告诉了我她和那个有钱男人的爱情故事，简直让我误以为是在说我的事。我妈爱上了经济条件优渥的我爸爸，之后又分了手。我妈开始诅咒我爸爸和他的钱，所以从小教育我，希望我能够走出一条和她不同的路，能够讨厌金钱、诅咒金钱。我妈告诉我这件事的几天之后，独自深夜离家，在街头徘徊之后，死在郊区的一座公园内。那是一个下大雪的日子，我和警察找了她一整晚，都没有找到她。"

十和子的眼中含着泪水，可能觉得不能让眼泪流下来，她静静地仰望天空。太阳渐渐沉落，天空被染成了橙色，飞机无声地缓缓飞过。

"几天之后，我在整理遗物时，发现了她的存折。存折上有应该是我爸爸汇钱给她的记录。每个月月底都汇入五十万日元，总共汇了将近两亿日元的金额。存折上连续好几页都整齐地排列着六位数字，但完全没有任何提领记录。三十多年来，我妈从来没有碰过这些钱。我不由得屏住了呼吸。我妈妈认为只能用这种方式来保护我。在我成长的过程中，她从来没有享受过任何奢华，没日没夜地工作，用自己赚来的钱养育我长大，努力保护我，避免我接触到除此以外的脏钱。我不知道这种做法到底算不算是一种正义，只知道我妈妈只能用这种方式保护我，我却差一点走上和我妈妈相同的道路。妈妈，对不起，对不起，对不起。我忍不住呜咽，泪流不止，然后我决定要活出和我妈不一样的人生。"

"不一样的人生……"

"几个月后，我去婚姻介绍所登记，立刻有几位男士和我接触，都是年收入较高、外形也很出色的男士，但我都拒绝了，我自己挑选了想要相亲的对象，然后遇到了我目前的丈夫。我丈夫相貌平凡、收入也不高，更没有出色的学历，也缺乏幽默感。但是，他具有一种很了不起的才华，那就是他既不爱钱，也不恨钱。他生活在远离金钱规则的世界，这成为我最大的救赎。第一次见面时，我立刻发现了他的特点，半年后，我接受了他的求婚。我丈夫温柔又实诚，我这种卑劣的人简直太高攀他了。从小到大，我从来没有生活得像现在这样平静安逸。"

英国的道德学家，也是著名的社会改革家塞缪尔·斯迈尔斯曾经说过："万恶的根源并不在于金钱本身，而是对金钱的贪爱。"

十和子花费了漫长的岁月，终于摆脱了对金钱的爱，然后获得了幸福……一男无法得出这样的结论，他忍不住向十和子确认："真的是这样吗？"

"什么意思？"

十和子露出窥视的眼神，语带颤抖地问，好像害怕自己犯下了什么罪行。

"你真的因为你先生而得到了救赎，过上了平静安逸的生活吗？"

"我听不懂你这句话的意思。"

"你怎么处理那些钱？"

"这……"

"就是你母亲留给你的两亿日元，还有和九十九一起分到的十亿日元。"

她陷入了沉默，差不多三分钟左右一动也不动，好像冻结了。然后，她缓缓站起来说："你跟我来。"她走向回家的方向，来到 J 栋，沿着楼梯来到五楼，打开家门，走进家里。里面只有一房一厅，饭厅兼客厅的桌子上插了一束小花。

十和子带着一男来到后方的卧室，那是不到十平米的日式房间。十和子打开了房间内的壁橱，里面整齐地放着被子、吸尘器、衣物收纳箱等生活用品。她小心翼翼地把这些东西拿出来后，轻轻拆下后方的木板。

大量整捆的百万日元像壁纸般排在那里。

"我丈夫并不知道这些钱的事。"十和子摸着纸钞说道。她的手指纤细白皙，左手无名指上戴了一只暗银色的戒指。她的指甲修得很漂亮，涂上了颜色很美的指甲油，和朴素的服装很不协调。

"每天我丈夫出门上班，我就会看着这些钱，摸摸它们加以确认，于是，我就会感到满足，心情也会平静。之后才开始打扫家里、洗衣服、做菜，等待我丈夫下班回家。这就是我的平静安逸、难以取代的幸福。在这十二亿日元的纸钞守护下睡觉、起床和吃饭，和丈夫的共同生活是目前最大的幸福。我终于获得了自由，不再爱或憎恨金钱和男人，我终于知道，这种自由才是我内心真正的渴望。"

一男突然想起九十九那天的表情。

鲜红的朝阳在摩洛哥沙漠升起。

九十九注视着朝阳，一男注视着九十九的脸。

"我会找到金钱和幸福的答案。"

当时，九十九这么说，脸上的表情既有抛开一切获得了自由的安逸，同时又夹杂着失去了一切的悲伤。

一男看着十和子此刻的表情，想起了九十九当时的脸，似乎能够理解他们两个人为什么相互吸引，最后又分开。一男觉得自己体会了九十九在当时感受到的孤独，不禁有点心痛。

"一男先生，我能告诉你的事都说完了，我不知道
九十九为什么带着你的钱消失，也不知道他目前人在哪
里，但和我一样，拿到超过十亿的另外两个合作伙伴或
许知道他的下落，你想和他们见面吗？"

"拜托你了。"

"他们分别姓百濑和千住，"十和子边说边看着手机，
把他们的电话号码抄在便签纸上后交给了一男，"你要不
要去找他们？他们可能知道九十九的下落，也可能知道
他是怎样的人。"

这时，楼梯上传来脚步声。

皮鞋的声音就像节拍器般踩着正确的节奏渐渐靠近。

"我丈夫回来了，我让他送你去车站。"

"没问题吗？他应该会觉得我是个奇怪的访客。"

"我告诉过他，住在国外的表哥今天会来看我，所以
没问题。"

"是这样噢。"

"对，你认为我会嫁给为这种小事而大惊小怪的男
人吗？"

十和子露出微笑，嘴唇左下方的两颗小痣也跟着动
了起来。

"我回来了，"十和子的丈夫打着招呼走进来，一看到一男，立刻满脸笑容地说，"很高兴见到你，聊得尽兴吗？"

"谢谢，不好意思，坐了这么久。"一男目不转睛地打量着十和子的丈夫。

他中等身材，不胖也不瘦，穿着毫无特色的灰色西装。这个在市公所上班的男人就像刚才去的那个公园一样，是被平均化之后的产物。对金钱、文化和服装都没有任何执着，借用十和子的话来说，或许是个在所有方面都得到自由的人。

"天快黑了，气温也降低了，我送你去车站。"

十和子的丈夫对一男说。

"不用不用，这样太麻烦了，别担心，我搭公交车去车站。"

一男回答。

"如果我让你自己去搭公交车，我老婆会骂我。我送你去车站，十和子，对不对？"

"对啊，一男哥，你不要客气，就当作是出租车吧。"

"十和子，你也太过分了，竟然说我是出租车。"

"对不起，对不起啦。"

　　十和子和她的丈夫聊着这些无足轻重的话，不时地相视而笑，好像这是他们之间的约定。

　　天色已暗，气温也骤降。

　　他们三个人一起走去住宅区停车场，街灯把他们的身影拉得很长，刚才还很兴奋聊天的十和子与她的丈夫突然安静下来，低着头走路。

　　来到停车场，十和子的丈夫坐进了小轿车，慢慢倒着车，把车子开出来。一男趁他倒车时问十和子。

　　"我可以最后再请教一个问题吗？"

　　"请说。"

　　"你爱过九十九吗？"

　　十和子的表情变得很凝重，目不转睛地看着丈夫车子的尾灯。十和子丈夫的开车技术似乎不佳，打了几次方向盘，试图把车子从停车场开出来。每次踩刹车，尾灯就闪烁着。一男顺着十和子的目光，也注视着尾灯的红色灯光。十和子小声地回答。

　　"我觉得曾经爱过九十九。现在回想起来，对我来说，无论当时爱的是他那个人，还是他的钱都无所谓。我曾经爱过他，的确曾经有过那样的感情，有时候我感到后悔，当初只要相信那种感情就好。"

"是吗？"

"一男先生，我也可以最后请教你一个问题吗？"

"请说。"

"如果你找到九十九，拿回了那笔钱，你要怎么用那三亿日元？"

"首先我必须清偿弟弟的债务，然后用这些钱修复因为债务关系而崩溃的家庭，让我太太、女儿重回我的身边。"

"只要有钱，就可以找回家人吗？"

"我认为有这种可能性。"

"我可不这么认为。"

"为什么？"

"因为你追求的都是因为金钱买不到，所以才想要的东西。"

十和子说完笑了笑。

那正是一男在网页的照片中看过的美丽笑容。

一男坐在副驾驶座上，小轿车穿越了好像俄罗斯方块般的住宅区，经过一片郁郁葱葱的树林。不知道是否因为避震系统不够强的关系，每次路面颠簸，车子就会咔嗒咔嗒摇晃。一男茫然地看着被上下激烈晃动的车头灯照亮的道路，身旁突然传来说话的声音。

"一男先生，你几年没见到十和子了？"

"哦，差不多十年吧。"

"是吗？你觉得十和子怎么样？有没有变很多？"

"不，她还是那么漂亮。"

"那就太好了，如果嫁给我之后变丑了，就是我的责任。"

车子猛地摇晃，十和子的丈夫说了声："对不起。"手里转动着方向盘。一男看到他左手戴的手表是那个瑞士高级手表，戴在他手上很不相称，而且表面的玻璃已经碎了。

十和子的丈夫察觉到一男的视线。

"噢，你在看这个吗？这是十和子送我的手表，但不小心弄碎了。她说要买新的，我觉得太浪费了，而且既然是她送我的礼物，我也不舍得扔……但真的很不体面，不好意思。"

"不不不，你别在意。"

"真的很不好意思。"

十和子的丈夫说完，苦笑了起来。

一男觉得他是一个善良的人。因为拥有不受到任何事束缚的自由，所以可以在他身上感受到表里如一的诚实，他发自内心地爱着十和子。一男突然有一种罪恶感。她丈夫不知道那件事没问题吗？

"我家也很破，真的很丢脸。"

"没这回事，我刚才觉得很自在。"

"因为家里很穷，所以让十和子受苦了，但无论我什么时候死，她都不会有问题。"

"没这回事。"

"不……十和子不会有问题。"

车子穿越树林，在红灯前停了下来。

十和子不会有问题。

这句话让一男感到不太对劲。这句难以消化的话在寂静的车内不停打转，好像失去了方向。这时，一男突然想到，也许他知道壁橱里的东西。

"她刚才让我看了壁橱。"

一男小心翼翼地对他说。

"壁橱吗？为什么要让你看壁橱？"

"十和子给我看了。"

"她还真奇怪，竟然让别人看那种地方，难道她想要炫耀自己打扫得很干净吗？"

十和子的丈夫说完，呵呵呵地干笑起来。

这个笑声是他对一男说的第一个谎。干涩的笑声一听就知道他在说谎。

"你是不是知道……"一男问他。

"知道什么？"

"十和子……在壁橱里放的东西。"

前方的信号灯变成了绿色，十和子的丈夫慌忙踩下油门，小车用力向前冲，然后缓缓前进。

"不好意思……让你操心了。"十和子的丈夫悲哀地笑了笑。

"是我太多嘴了……"一男垂下双眼。

"说起来很丢脸，真的，只有我什么都不知道，就像小丑一样。"

"没这回事，她为了你……"

"我知道。我当然知道她想要守护什么，她以为我什么都不知道，其实我知道她过去的经历，也大致能够猜到那些钱的事。"

"既然你知道那么多，为什么不干脆问她？十和子也许在等待这一天。"

"也许是吧。只是在十和子主动告诉我之前，我并不打算提那些钱的事。虽然我脑袋不够聪明，但知道十和子为什么会选择我，我比任何人都更爱她，所以努力让自己比任何人都更了解她。对我来说，不管有没有那些钱，都不会改变任何事，但对她来说就不一样了。"

"不一样吗？"

"对，我猜想不一样。如果她发现我知道那些钱，她恐怕会无法承受。她终于在金钱的问题上获得了自由，如果这样能够让她心情平静，我会继续假装不知道。"

"你认为十和子这样幸福吗？"

"我不知道这对她来说是不是幸福，但至少我知道，"十和子的丈夫深深吐了一口气，"这是我唯一能够爱她的方式。"

车上的广播传来 DJ 预告保罗·麦卡特尼将来日本表演的消息，DJ 大叫着："如果不去听这场音乐会，就失去了活着的意义。"然后开始播放披头士的歌曲。

"Can't buy me love！（金钱买不到爱情！）" 保罗·麦卡特尼大叫着。

Tell me that you want the kind of things

That money just can't buy

I don't care too much for money

Money can't buy me love

Can't buy me love, love

金钱买不到爱情，

每个人都如此深信，

每个人都想要相信，

但真的如此吗？

钱可以买到爱情，也可以买到人心，

正因为如此，我们努力寻找金钱买不到的爱

和心。

发出微光的车站大楼出现在挡风玻璃前方。

"车站快到了。"

一男说着，十和子的丈夫踩着油门，小车咔嗒咔嗒
地摇晃起来，淹没了保罗·麦卡特尼的歌声。

黑暗中看不到任何东西，看不到房子，也看不到人，
只有车站大楼亮如白昼。

一男看着车站的灯光，想起了十和子修得很美的指甲。

百濑的赌博

赛马在奔跑。

毛色油亮的身体在漂亮的绿色草皮上闪着光，十六头赛马争先恐后地冲向最后一个弯道。

脚下摇动。宛如地鸣般的欢声笼罩了整个赛马场，骑手挥鞭策马。赛马身上的肌肉线条浮现，加快了奔跑的速度。嘚嘚嘚嘚嘚、嘚嘚嘚嘚嘚，即使在远处，也可以听到它们的奔腾声。青草四溅，泥土四溅，一匹、两匹渐渐掉队。原本挤成一团的赛马好像橡皮般横向拉长。

前方那群马匹中，四号马一马当先，七号马在后方紧追不舍。四号和七号你追我赶地冲向终点，骑手不停地鞭策。就在这时，十二号马以猛烈的攻势从后方逼近，一口气超越了前方的那两匹马，像子弹般冲向终点。四号和七号在零点几秒之后，也冲进了终点。

呜噢噢噢噢噢噢。呜噢噢噢噢噢。

欢声变成了怒吼。看台上下起了马券雨。宣泄欲望的叫声、吼声、骂声，这些声音聚集在一起，犹如怪兽的咆哮般响彻周围。

"中了赔率超过一百倍的万马券！"百濑大叫着，抓住一男的肩膀，"你是亿万富翁！"

不知道是否太激动了，他的嘴角接连吐出白色的泡泡。

一男几乎听不到百濑说话的声音，他的声音好像隔了几道滤网般，听不太清楚，视野也变得模糊不清，好像蒙上了乳白色的膜。

三千万债务。中了三亿彩票。现金在一夜之间消失。

如今又再度成为亿万富翁。

我的人生到底怎么回事？

一男恍若置身梦境，听着响彻赛马场的怪兽咆哮声。

"啊？什么？你在找九十九？"

电话中传来百濑粗犷的声音，他的声音很沙哑，好像头发卡在喉咙里。听他的声音就知道他心情烦躁。

"对，我想请教一下，不知道你是否知道他的下落。"

一男压低声音静静地回答。

"不知道，不知道，那就这样啦。"

"请等一下！可不可以请你告诉我关于九十九的事？任何事都没有关系，也许可以成为线索，因为我有苦衷……"

一男从十和子那里得知了百濑的电话后，隔天立刻打了好几次，但每次都转入了语音信箱。第二天、第三天也都是语音信箱。

第四天，当一男开始怀疑这个电话号码是否有问题时，百濑终于接了电话。

一男告诉百濑，自己是九十九大学时代的好友，虽然十五年来从不联络，但在自己中了彩票之后，又终于见了面。见面之后，九十九带着他的三亿日元失踪了，他目前正在寻找九十九的下落，在这个过程中与十和子见了面，得知了百濑的电话号码，听十和子说，百濑可能知道些什么。

"我不知道，虽然听起来很麻烦，但我可以见你，那就星期天吧。"百濑说完，指定了见面的地点，快速交代了一句"记得穿西装，穿西装"，就匆匆挂上了电话。百濑指定的见面地点是东京郊区的赛马场。

星期天，一男转了好几班电车，花了一个小时左右，终于来到赛马场。

他按照百濑的指示，向入口穿黑西装的男人说明来意，男人带着一男走进赛马场，从后方的通道搭电梯来到五楼，戴上了男人递给他的"马主贵宾室"的徽章，走在胭脂色的地毯上。男人走过马主专用的餐厅和酒吧，继续往里面走。

来到最后方的区域，黑西装男人打开了门，里面是玻璃帷幕的圆屋顶空间，在阳光的照射下，室内十分明亮。这里可以看到整个赛马场，玻璃帷幕外是像用颜料画出来的鲜艳绿色草皮。这里是马主中少数特别的人才能进入的超级贵宾室。这里的人数比刚才贵宾室少了很多，经常出入赛马场的资历很深的年迈男人、穿着时髦西装的年轻企业家喝着香槟，吃着水果，谈笑风生，还有几个看起来像是和他们同行的美女。

一男被带去超级贵宾室深处的包厢。

黑西装男人静静地打开门，里面有几张圆桌和沙发，玻璃门外是一个大阳台，刚好可以在正中央的位置俯视赛马场。一男觉得自己好像摇身一变，跻身于贵族行列。

房间正中央有一名光头壮汉，他独自瘫坐在沙发上，对着电视屏幕上奔跑的马嘀嘀咕咕地说着什么。外面的赛马场正在进行比赛，他却目不转睛地看着实况转播电视，那样子很奇怪。

"这就对了……这就对了……坚持下去。"

他穿着水蓝色双排扣西装，系了一条金色的领带，脖子上有一条很粗的金项链，手腕上挂着沉甸甸的金表。一男被眼前这个应该是百濑的男人那可怕的外貌吓到了，但如果不向他打听，就无法得知九十九的下落，也无法找回三亿日元。

"请问……是百濑先生吧？"

"等一下！这就对了……坚持下去……"

屏幕中的赛马争先恐后地冲向最后的弯道。

"这就对了！这就对了！这就对了！"

百濑站了起来，紧紧抓着电视的一角，对着屏幕大叫着。

"啊嘎！啊嘎嘎啊啊啊啊啊！"

百濑尖叫着，赛马接二连三地冲进终点。百濑发出"啊嘎啊嘎"的奇怪声音，无力地瘫坐在沙发上，一动也不动，简直就像遭到枪杀的熊。可怕的熊虽然已经死了，却让人不敢靠近。就这样过了几分钟。

"你怎么了？"

一男终于无法忍受眼前的沉默，战战兢兢地问。

"啊啊……完蛋了……这下又完蛋了。"

百濑抱着头嘟哝道。

"你输了吗?"

"不……不是……"

"啊?"

"我竟然又赢了……"百濑抬起头,眯起眼睛注视着一男说,"又是赔率超过一百倍的万马券。"

"啊!你赢了多少钱?"

"一亿。"

"一亿?"

"对,一亿日元!这下完蛋了!赢了这么多钱……我……我……我的人生会完蛋!"

百濑抱着头哭喊着。这个男人赛马赢了一亿日元,却大喊着人生会完蛋。一男觉得眼前的状况才是疯狂。但是,从债务缠身突然变成了亿万富翁,到如今又失去了所有的金钱,他颇能理解这种感觉。贫穷使人疯狂,同样,过度的财富也会让人疯狂。

"百濑先生……"

"完蛋了……完蛋了……"

"这……"

"完了完了完了……怎么可能嘛!"百濑露齿一笑,

有点脏的金牙发出暗光。

"你是傻瓜吗？世界上哪有人赢了一亿日元会伤心的！"

他露出目空一切的眼神，语气中充满嘲笑。百濑浑身散发出有钱人特有的目中无人，但是，一男没有时间整理对他的复杂感情。

一男深深地鞠了一躬说："感谢你今天愿意拨冗和我见面。"

"是啊，你要好好感谢。九十九的朋友，你找我到底有什么事？"

"我在电话中也已经说了，九十九带着我彩票中的钱失踪了，但我完全不知道他的下落，所以想多了解他，即使是他以前的事也没有关系，可以请你告诉我吗？"

"多少？"

"啊？什么多少？"

"你的钱啊，九十九带走了多少钱？"

"三亿日元。"

"三亿？我不知道，我不知道你的这点小钱！"

百濑说完，弯腰捡起掉在桌子底下的一日元硬币，放进了口袋，然后继续大声地说："我不知道你的这点小钱！"

　　美国的富豪约翰·洛克菲勒曾经说"你不珍惜十美分，所以只能一辈子当门童"，道尽了"小钱"的重要性，但百濑捡起一日元的身影只让人感到贪婪。

　　"和你说话，你会给我钱吗？我可以得到什么好处吗？"

　　"对不起……说起来很丢脸，我没有任何东西可以给你。"

　　一男用几乎快听不到的声音说。

　　不是百濑太过分，而是这个世界不可能围着我转，就仅此而已。一男这么告诉自己，看着自己的双脚。满是灰尘的廉价皮鞋在柔软的胭脂色地毯上不知所措。

　　"对不起，对你提出了任性的要求。因为九十九失踪，我的三亿日元也不见了，老实说，我不知道该如何是好。我欠了债，也有家人要养，所以必须找到九十九，把我的三亿日元拿回来。"

　　百濑突然用力抓住了一男的肩膀，一脸温柔地看着一男，难以想象他前一刻还露出可怕的表情。他眼中泛着泪光，用颤抖的声音说："你一定很痛苦……我了解。因为三亿日元从天而降，又凭空消失了，你当然会陷入混乱，我很同情你。对不起，刚才对你说了一些无聊的玩笑话，请你见谅。虽然不能说是作为补偿，但你有话尽管问，我会知无不言，言无不尽。"

一男看着说话时用像熊一样的手擦着眼泪的百濑，忍不住想到，这人是九十九的朋友，自己可能受到表面印象的影响而误会了他，所以无法信任他。一男不由得在内心对他感到抱歉。

"百濑先生……谢谢你。"

一男深深地鞠了一躬，百濑制止了他，用温柔的声音继续说道："我也正打算从金钱游戏中收手。最近我终于发现，这个世界上有很多无法用金钱买到的东西，也就是所谓无价的东西。就像难以忘记的回忆、重要的友情、家人无可取代的爱，诸如此类。有多少这种无法用金钱买到的幸福，决定了人生的丰富，对不对？"

"是啊……我也有同感。"

百濑用好像菩萨般的温柔双眼注视着一男，终于放开了一直抓住他肩膀的手说："什么无价的东西……太可笑了！傻瓜，怎么可能有这种东西！这个世界上，有钱能使鬼推磨！你竟然还对这种让人反胃的话点头称是，真是太恶心了！"

百濑说完，用沙哑的声音放声大笑起来。他的笑声在贵宾室内回响。百濑的笑容似乎在说，没有比这个更好玩的游戏了。一男看着他的笑容想："这是在浪费时间。"他深信即使和这个男人说再多，也无法得到任何关于九十九的线索。

"那——我告辞了。"一男转过身，走向出口。

他不想继续留在这种让人心情恶劣的地方，他想要赶快离开这里。

百濑对着他的背影问："你为什么来这里？"

百濑的声音很平静。

"因为……我必须找到九十九。"

一男背对着百濑回答。

"并不是这样。"

"不是这样？"

"你是来看我的，是来看家财万贯的男人过着怎样的人生。"

"也许吧，"一男转过头，注视着百濑的脸说，"因为……我想知道金钱和幸福的答案。"

"金钱和幸福的答案？"

"没错。十五年前，九十九说，他会找到答案，然后就离开了我。我们久别重逢后，他没有告诉我这个答案，反而带着我的三亿日元消失了。我还没有从他口中得知答案，原本以为今天和你见面，或许可以找到这个答案。"

百濑坐在沙发上，垂下了眼睑，一动也不动，不知道在想什么。不知道为什么，他的身影看起来有点悲伤。

"谢谢你今天拨冗见我。"

一男对低着头的百濑鞠了一躬后，打开了门。

"等一下。"百濑抬头叫住了他。

"什么事？"

"要不要来赌一把？只要你愿意陪我赌一把，我就把九十九的事告诉你。你既然已经来到这里，那就测试一下你的金钱运。"

百濑的赌博。他对一男提出了意想不到的邀请。

美国地产大亨唐纳德·特朗普曾经说："动机并不是钱，真正有趣的是游戏。"

同样，百濑一定也是在玩游戏，他想和我玩游戏。对他来说，一切都是游戏、都是赌博。我才不想再度受骗，再度被嘲笑。然而，一男并没有其他的选择，他需要百濑提供线索，才能找到九十九。即使对百濑而言，这只是游戏，一男也只能接受这场赌博的挑战。

"好，那我愿意，只赌一次。"

一男静静地点头。

"那好，心动不如马上行动。"

百濑从沙发上站了起来，坐在圆桌旁的椅子上。他看着桌上的赛马报，同时敲击着笔记本电脑的键盘。然后又看着电脑的屏幕，用红笔在赛马报上做笔记，接着再度看着电视屏幕上的马匹检阅场，再度敲击电脑的键盘。他重复了三次这些步骤，用铅笔拿起桌上那一叠投注单勾选起来。一男有点不知所措，但也有样学样的摊开赛马报，拿起了红笔。

◎○▲△×。不同的记者分别预测了十六匹马的胜败，下方用比米粒还小的文字介绍了各匹马在最近数场比赛中的成绩。一男完全不知道该怎么办。

"你第一次玩吗？"

"是啊。"

"那这样吧，你和我买一样的。你有多少钱可以玩？"

"我钱包里有一万日元……"

"不行不行，这么点钱玩什么啊。我借给你，你跟我来。"

百濑说完，大步走出贵宾室，然后走向对面的贵宾专用马券售票口，递上刚才的万马券说："大婶，我要换钱。"

怎么可能马上领到一亿日元现金？一男想起之前在银行发生的事，从彩票的鉴定到讨论中奖之后的金钱使用，他和银行工作人员之间足足谈了一个小时，而且也无法当场领到现金。

但是，五分钟后，马券售票口内堆满了一叠叠百万日元。在赛马场的贵宾室，拿现金就像拿抽奖的纸巾一样简单。一男觉得意识有些模糊。之前在银行耗掉的那些时间到底是怎么回事？这时，一男终于知道，就像人会挑选人一样，金钱也会挑选人。在这个世界上，有的地方可以用一张不到十厘米见方的小马券，在五分钟后换取一亿现金。

几分钟后，一亿日元现金并没有收进金库，也没有放进手提箱，而是丢进了印了赛马场名字的普通纸袋。纸钞塞满了两个纸袋，当场交给了百濑。

百濑双手拎着鼓鼓的纸袋，说了一句："来亮相一下。"然后把纸袋一倒，一叠叠纸钞掉落下来，摊在桌上，转眼之间，桌子就被愁眉不展的福泽谕吉占领了。

"这是我刚才赢的一亿，这些是好运谕吉，我从里面拿一百万借给你。"百濑拿了一叠一百万，交给一男。

"我不能向你借这么多钱，而且我不可能靠赛马赢钱。"

"这可是一辈子只有一次以小搏大的好机会，我正在走好运，这些谕吉也都有好运，而且我并不是叫你自己决定买什么马券，你只要按照我说的去买就好。只要把一百万交给那个穿黑衣服的小弟，他就会去帮你买马券。"

"请等一下，马上吗？"

"对啊，现在不买，更待何时？下一场比赛，十二号和四号都稳赢，现在只是在烦恼到底要买七号还是九号。嗯……最后让你来选。"

"啊？"

"七号还是九号？你赶快决定。"

一男觉得自己根本无法做出决定。一百万的赌局。三连单的最后一匹马，赔率都超过一百倍，一旦中奖，奖金超过一亿日元。自己怎么可能中？

"这也是一种赌博，"百濑看到一男陷入烦恼，笑着说，"中了三亿日元彩票的男人，要把最后的运气用在这上面。"

没错。自己曾经中了三亿日元的彩票。

他想到了"亿男"这个字眼。

自己失去了好不容易到手的运气，必须在这里重新找回来。

"那就请买七号！"

他在回答之后，感受到极度恐惧，觉得自己犯下了无可挽回的错误，"等一下！"

这句话从内心深处挤了上来，他正想要把这句话挤出口，百濑抢先对着黑西装的男人说："十二号和四号，还有七号三连单！我和他各一百万！"

十分钟后。

十二号、四号和七号马在他们面前冲进了终点。

这一切简直就像在做梦。这个世界的所有一切都缓慢而模糊地出现在眼前。

"你是亿万富翁！"百濑大叫着搂住了一男的肩膀。

世界在刹那之间聚焦，变成了现实，声音变得清晰。一男回过神，发现自己注视着电视，浑身颤抖，膝盖以上好像不是自己的。他双脚无法用力，好不容易才能站在地上。

百濑兴奋地说："你别再想向九十九拿回他偷走的三亿日元这件事了，只要把这一亿日元翻成三倍就好，这样就可以扯平了。你现在正在走好运，你有运气，也还有我，我们两个人天下无敌！"

"但突然有一亿日元……我太混乱了，不知道该怎么谢你……"

"是你自己靠赌博赢来的钱，就大大方方收下啊，而且还没结束，还差两亿日元，接下来才是一场硬仗。"

"是啊，但我不认为可以连战连胜。"

"你真的是傻瓜，难道你以为我是凭直觉买马券吗？"

"难道不是吗？"

"当然不是啊！凭直觉怎么可能赢？"

"那你是凭什么？"

"计算。"

"计算？赛马不是几乎都靠巧合吗？"

"你真的什么都不懂，赌博和在赌博中获胜根本是两回事，不只是买马券而已，而是要买会赢的马券。期待巧合，怎么可能赢？大部分赌博不经过计算都会输钱，所以要搜集数据后计算，然后再思考，就能够大大提升胜率。"

百濑一口气说完后，走到阳台上，看着聚集在楼下看台上的人说："但这些笨蛋只知道赌博，根本没有想过要赢赌博，他们完全停止了思考。赌博需要的不是勇气和胆量，而是计算。"

一男惊讶不已。这个粗野无礼的男人竟然连续说了好几次"计算"这个字眼。百濑似乎看穿了他的想法，继续说道："你是不是没意识到我经过这么精密的计算？我没骗你。当初和九十九一起创业时，九十九想到的点子，都是由我靠计算加以落实，所以那家公司才会壮大到那种程度，我们真的是很好的搭档。我这个天才，可以明确告诉你一件事。"

"什么事？"

"最后的比赛最稳当。"

"稳当？"

"没错，非常稳当，那是包赢不输的比赛。只要照我说的去买，绝对不可能输。"

"你为什么这么有把握？"

"因为下一场比赛有我的马，我的马在这个赛场的成

绩很不错，但我故意让它参加下一个等级的比赛，就是
为了确保能够赢这场比赛。我的马赔率是三倍，虽然赔
率不高，但即使买单胜，只要投入一亿日元，就可以一
口气翻到三亿日元。虽然这种事绝对不能告诉别人，因
为你是九十九的朋友，所以特别告诉你。最后一场比赛
是你这辈子最大的比赛，你要赢得这场比赛，靠自己的
能力，把三亿日元赢回来。"

身体再次开始颤抖。

不可能这么顺利。现在已经赢了一亿，不可能继续
赢下去，必须见好就收。一男的理性呐喊着，但与此同
时，腹底深处难以控制的燥热像呕吐般涌了上来。

必须赌一次。还有机会赢。这才是这辈子最大的
比赛。

一口气赢三亿日元，然后一切都扯平了。

腹底深处的燥热大叫着。人们称这股燥热为
"欲望"。

"好，那我就赌一亿。"

一男为"欲望"下了赌注。并不是屈服于欲望，而
是决定赌一把，他想要相信内心深处涌起的那股燥热的

力量。

"对嘛！就该这么做！"

百濑用力抓着一男的肩膀笑了笑，对着黑西装的男人喊了一声："喂！帮我买马券，十三号单胜！我们各买一亿！"

"既然下了这么大的赌注，那就去最热闹的地方看这场比赛。"百濑领着一男走出了贵宾室。

一男看着百濑快步走在胭脂色地毯上的巨大鞋子，跟在他的身后，走进电梯，靠在电梯墙上仰着头。自己下了一亿日元的赌注，却完全没有真实感。意识断断续续，自己好像打水漂的小石，在水面上跳跃移动。

"穷人的世界有穷人世界的优点。"百濑说完，带着一男走去一般的观众聚集的餐饮区，"在重要比赛之前，要先填饱肚子。"他点了最便宜的清汤荞麦面，只要两百五十日元。

炒面，四百五十日元。章鱼烧，四百日元。咖喱，四百日元。拉面，五百日元。

亮闪闪的牌子上写着食物名称和价格。

购买这些食物需要的金钱，和一男刚才下赌注的金钱是相同的东西，但无论再怎么整理思绪，一男都无法将它们等同起来。

一男买了章鱼烧，隔着塑料盒，手心可以感受到热腾腾的章鱼烧，但他完全没有食欲。虽然因为极度紧张，满嘴都是唾液，但胃似乎拒绝工作。自己前一刻下了二十五万盒章鱼烧的赌注。想到这里，脑海中立刻浮现自己被章鱼烧淹死的蠢样。

在人满为患的餐饮区，百濑大口吃着荞麦面，一男坐在他旁边，把章鱼烧塞进嘴里，却好像在嚼橡皮，完全感受不到任何味道。他食不知味，好像五感全都失去了功能。他巡视周围，许多双眼发亮的男人把赛马报铺在地上，直接坐在报纸上，目不转睛地看着电视上实况转播的检阅场情况。也有人把自备的折叠椅放在屏幕前大声交谈着。每个人都把为数不多的钱当作赌注，当内心沉睡的"欲望"张牙舞爪地醒来时，只能受其摆布。

"喂，我问你，"百濑咀嚼着荞麦面，对一男说，"你知不知道钱有两种？"

"不，我不知道，哪两种？请你告诉我。"

一男勉强把像橡皮一样的章鱼烧吞下喉咙后回答。

"不可以告诉别人噢。"

"好，我不会告诉别人。"

"那就是进来的钱和出去的钱。"

"那不是理所当然的事吗？"

"没错，就是理所当然，但像你一样的穷人觉得进来的钱和出去的钱是不同的东西，所以会毫无目的地存钱，结果有一天突然出手阔绰地花钱。金钱要有进有出，才具有意义，但大家都没有意识到这件事。无论是你还是那个拿着赛马报的大叔，都没搞清楚这么理所当然的事，应该说，你们根本就没想要了解，这种人一辈子都不可能成为有钱人。"

百濑把剩下的荞麦面一口气吃进嘴里，发出刺耳的声音，茶色的汤汁在白色桌面上四溅。

"但是，有一个方法可以让你和那个大叔轻轻松松地变成有钱人，你想不想知道？"

"请你务必告诉我。"

"不可以告诉别人噢。"

"我不会会告诉别人。"

"方法很简单，那就是别用钱，把钱都存起来。"

"这不是理所当然的事吗？"

"没错啊，但是像你这样的穷人，明明很穷，看到路上掉了一日元硬币，也不愿意弯腰去捡。我看到钱就捡，刚才我捡一日元的时候，你不是露出鄙夷的眼神看着我吗？但是，嘲笑一日元的人，就会因为一日元而流泪，这句话千真万确。赛马会在数秒之间决定胜负，我们都很清楚，有时候区区一日元就决定了胜负。只要不用钱，把钱存起来，终有一天，会等到重大的比赛，到时候，绝对是多一日元的资金更好啊，所以，即使是一日元硬币，也要捡起来，以备不时之需。"

百濑滔滔不绝地说完后，一口气喝完了碗中剩下的汤汁。

"这个世界上，理所当然的事容易引起注意，也被认为是正确的事。但是，想要制胜，就需要发现这些理所当然的事，然后理所当然地去做这些理所当然的事，只要能够做到这一点，几乎可以百战百胜，但其实这是最难做到的。在这个赛马场内走来走去的人，没有人知道这一点，大家都被自己的欲望和恐惧困住了，看不到理所当然的事，正因为这样，在赌博时，重视理所当然的事的人才能够赢。"

赛马场上传来了比赛开始的号角声。

餐饮区的男人就像是被追赶的山羊般走向看台。

"时间差不多了，这可是关乎一辈子的重大比赛，就和大家一起好好享受吧。"

百濑说完，拨开人群走向看台。突然闯入的壮汉引起了周围人的侧目，但一看到他的样子，立刻为他让了路。百濑就像是《十诫》中的摩西，一男紧跟在他身后，来到看台的最前排。

前方是一片绿色的草皮，近距离观察时，发现草皮比在贵宾室内看到的更加绿油油，充满了生命力。风虽然有点冷，但拂在脸上很舒服。

赛马吐着白气入场，冲向起点的位置。美丽的身影让看台上响起阵阵欢呼，摄影师用望远镜头的相机咔嚓咔嚓地拍着照。

"十三号。"百濑小声地说。

"啊？什么？"一男问。

"笨蛋！你已经忘了吗？那是我的马，不然还能是什么？"

"噢，原来是十三号。"

"是啊，骑手穿着有红星的战斗服，那是我的幸运红星。"

十六匹赛马走进门内。号角响起，看台上响起震耳欲聋的巨大欢呼声，接着是数秒的寂静。一男内心已经平静的燥热再度像反胃般出现了。

下一刹那，门打开了，赛马同时冲了出来。

黑色的身体在赛马场上跳跃奔腾。红色、白色、黄色、紫色、绿色和蓝色，骑手的战斗服在它们漆黑的身体上摇晃。

看台上发出一阵喧嚣。

七号马一马当先。

不知道是想要甩开其他赛马，还是骑手失控了，七号马不断加速。在经过第一个弯道时，已经有马匹被甩到后方。

十三号。十三号。十三号。

一男在内心默念着，目光追随着红星。自己的命运正在努力奔跑，紧跟在领先的七号马后，在第二梯队的尾部。

一男注视着红星，突然觉得赛马很不可思议。

无论下了多大的赌注，赛马奔驰在远处的弯道时，总觉得事不关己。当赛马转过一个又一个弯道，渐渐逼近终点时，才逐渐有了真实感，觉得和自己有密切的关系，就像被原本还在远处的龙卷风卷入一样，短短两分钟内，原本在远处的东西一下子闯进了自己的内心，搅乱欲望和感情，随即又被带走。

赛马冲入第四个弯道，距离终点的直线距离五百米处时，速度顿时加快，可以听到赛马痛苦的喘息声，但很快被看台上响起的吼叫声淹没了。

呜噢噢噢噢噢噢。呜噢噢噢噢噢噢。

那是怪兽的咆哮。一男回过神时，发现自己也加入了咆哮的行列，一起大吼着。

呜噢噢噢噢噢噢。呜噢噢噢噢噢噢。

他无法不发出叫声，如果不把腹底深处涌起的燥热用声音吐出来，他会发疯的。

原本在最前方的七号马渐渐后退，很快就被紧追在后的那群马吞噬了。那群马中有两匹马冲上前去。那是穿着黄色战斗服的一号马和关乎他命运的红星十三号。

"来了！"百濑大叫着。

"冲啊！"一男也叫了起来。

一号和十三号。

骑手分别挥鞭策马，赛马加快了速度，浑身肌肉浮现。

呜噢噢噢噢噢噢。呜噢噢噢噢噢噢。

怪兽的叫声响彻整个赛马场，两匹马争先恐后地冲向终点。

下一刹那，十三号马跳了起来，红星好像被弹出去般消失不见了。

"惨了，坠马了！"百濑大叫着。

响彻整个赛马场的尖叫声淹没了百濑的声音，一号马冲进了终点。

所有的马都冲过草皮，蹲了很长时间的红星骑手摇摇晃晃地站了起来，追向自己的马匹。失去了方向的十三号马好像迷路的孩子般在草地上徘徊。

比赛结束后，一男仍然茫然地站在看台上良久。

他的身体就像熔化的金属液体遇冷凝固般无法动弹。

"难免会发生计算不到的状况，"百濑对一男说，"就和这个世界一样。我们无法预测大自然的变化，动物也会发生意想不到的状况，人和马都是动物，一定会犯错，而且会不断犯错。"

一亿日元在转眼之间消失，虽然一男觉得百濑说话太不负责任了，只是他也无法生气。正如百濑所说，自己测试了金钱的运气，然后得出了自然的结论，证明自己缺乏运气。

"虽然很同情你，但赛马就是这么一回事，赌博就是这么一回事，你只是重新回到原点而已。而且在此之前，还有另一个问题……"

"在此之前，另一个什么问题？"

"就是今天的马券。"

"马券吗？"

"对，你从头到尾，没有花一日元买马券。"

"啊？"

这句话是什么意思？

这个人到底在说什么？

这些话在一男的脑袋里打转，就像漫画的对话框般冒了出来，他却无法发出声音。

"所以，你今天从头到尾没有买过马券。噢，我买了噢，但我事先和那个穿黑衣服的小弟套好招，不会为你买马券。所以，刚才万马券中了一亿日元的前一场比赛，和把一亿日元都拿去买单胜的马券、结果惨赔的刚才那场比赛，你都没有买马券。钱只是在你的脑袋里流动而已。"

一男感到愕然，这个人到底想要对我做什么？他这么做有什么目的？一男完全搞不清楚状况。

百濑注视着哑口无言的一男，淡淡地继续说道。

"你是不是疑惑我为什么要对你做这么过分的事？你在寻求金钱和幸福的答案，所以，我想用我的方式告诉你这个答案。现在的你和你来这里之前，完全没有任何不同，但在你的脑袋里，一百万变成了一亿，然后又变成了零。那只是在你脑袋里所发生的事，但金钱和幸福就是这么一回事，根本没有实体。今天在你脑袋里流动的金钱，和真正的金钱并没有太大的差别。"

加长型礼车从赛马场后方马主专用的停车场缓缓驶了出来。

一男和百濑面对面坐在后方的座位，茫然地看着贴了隔热纸的车窗外的风景。百濑说要送一男回家，一男不置可否地接受了，所以目前坐在后车座。

"以前不是有一个货车司机在繁华街区的巷子里捡到一亿日元吗？"

百濑突然开了口。

"的确好像看过……类似的新闻。"

一男无力地回答。

"新闻闹得那么大，但失主迟迟没有现身，你知道为什么吗？"

"可能那些钱有问题吧？可能是黑钱或是逃漏税。"

"不，我可不这么认为。"

"不然是怎么回事？"

"我认为是失主故意丢掉的，这个世界上，有的人想要把钱丢掉。"

"我从来没有见过这种人。"

"真的有。"

"啊？"

"我就是啊。"

礼车司机突然按着喇叭。

离开赛马场，准备回家的人都挤到车道上。

听到喇叭声，那些男人才终于让出一条路。礼车缓缓行驶在人群中。一男看向窗外，发现那些男人露出好像行尸走肉般漠然的眼神看着礼车。当一男看向百濑时，吓了一跳。百濑的眼神和窗外那些男人完全一样。

"公司规模扩大后，九十九卖了公司，我们每个人都拿到了超过十亿的现金，但我在拿到钱之后就意兴阑珊，什么事都不想做，每天都来赛马、打小钢珠。我想用赌博的方式花掉那些不义之财，但是，令人悲哀的是，我很有赌博的才华。也许不能说是才华，而是我的计算能力和赌博很合拍。总之，我原本想靠赌博的方式把钱花完，没想到越赌钱越多。希腊神话中的弥达斯国王不是有点金手吗？只要他碰过的东西，都会变成黄金，我就是弥达斯国王……"

礼车行驶在灯红酒绿的夜晚街道上，一男坐在车内，可以看到街上的行人都向这辆外形奇特的礼车张望。

"结果钱越来越多，身边出现了很多莫名其妙的亲戚、朋友和女人，于是就很悲惨。因为我会觉得身边的人都是为了我的钱而来，虽然应该有真正的友情，我却害怕被朋友背叛；明明是真心相爱，却觉得女人是看中我的钱。结果渐渐没了朋友，也不敢再谈恋爱，最后连我爸妈也都生病去世了。我也病倒了三次，动了大手术。虽然知道这应该和金钱没什么因果关系，但如果上天不允许我得到一切，一定借由夺走我父母的生命来加以平衡。"

百濑深深叹着气。

"人类是为欲望而工作的动物，为了得到可以用金钱买到的快乐而追求金钱，但是，金钱带来的快乐无法持久，只剩下恐惧而已。有钱人之所以有钱，是因为他们内心感到害怕。有钱人只是用钱消除失去钱的恐惧，所以他们拼命存钱，即使有再多钱，仍然不断赚钱。因为他们知道未来会发生什么事，他们知道存的钱越多，恐惧也会越强大。所以，我认为那个一亿日元的失主是因为无法承受拥有金钱的恐惧，发自内心想要丢掉那些钱。"

持续思考"幸福"这个问题的哲学家叔本华曾经说过："财富像海水，越喝越渴。"

一男想象着眼前的百濑独自漂流在海上的样子，虽然眼前有取之不尽的水，但他越喝越渴，最后将走向死亡。

礼车开了将近一个小时后，来到一男工作的面包工厂前。

闪着黑光的礼车停在死气沉沉的银色工厂前，异样的状况吸引了工厂的工人纷纷走出来，远远地看着礼车，看到一男走下车时，所有人都露出惊讶的表情。但是，当百濑跟着下车时，工人纷纷转过头，快步走回工厂。

"今天非常感谢你。"

一男向他鞠躬道谢。

"希望你可以找到九十九，一方面是因为三亿日元，但他以前不是你的好朋友吗？既然这样，就更要找到他不可，当年也是九十九救了我。因为我长这样，在进公司之前，所有人都觉得我是怪胎，对我唯恐避之不及，只有九十九愿意在我身上下赌注。我问他：'为什么选择我？'九十九回答说：'直觉。相信一个人，不需要算计。信用很不确实，也很不合理，经常受骗，也经常不准，但是，我想相信你，想在你身上下赌注，这种感觉，只能用直觉来形容。'说完，他难得笑了笑。为了不让九十九在这场赌局中落败，我很努力。在金钱的问题上，比任何人都抢先一步发现理所当然的事，也努力学习，让自己能够理所当然地做到这一点。九十九和我一样，即使不理钱，钱也会越来越多，他周围的人会比他先出问题。九十九现在应该拥有超过一百亿的资产，照理说，他对你的三亿日元根本没有兴趣，我相信其中一定有什么原因。"

"我也希望是这样，但他没有联络我，我也不知道他的下落。"

一男觉得自己未来的路越来越窄。十和子、百濑都不知道九十九的下落，当然也不知道三亿日元在哪里。

眼前只剩下一条路。就是还剩下一个人。

他是最后一个人。

"你接下来会去见千住吧？"百濑似乎看穿了一男的心思。

"虽然我讨厌他，但他可能知道一些事，因为他是九十九最好的朋友。"

最好的朋友。

一男听到这句话，有一种受伤的感觉，但即使如此，他仍然觉得必须去见千住。姓千住的男人是他最后的希望。

"下赌注这句话让人感觉不太好，但我很喜欢这句话。"临走时，百濑笑着说。

"因为愿意在某件事上下赌注，就代表了一种信任，我认为这是一件很棒的事，所以，我想要在你身上下赌注，我赌你可以找到九十九。这不是经过计算得出的结论，而是凭直觉，但我现在愿意为我的直觉下赌注。"

一男搞不懂百濑赢了这场赌局，能够得到什么？

但他清楚知道一件事，这场赌局的报酬绝对不是金钱。

一男回过神时，发现离开赛马场时，一直在耳边回响的怪兽咆哮声已经消失了。

千住的罪孽

　　一男和九十九背着沉重的背包，在巴黎的戴高乐机场内奔向最角落的登机门。

　　"快来不及了！九十九，快跑！"一男大叫着。

　　"一……一男，我……我跑不动了。"九十九用无力的声音回答。

　　因为气流的关系，班机延误了，离转机班机起飞的时间剩下不到十分钟。

　　一男奔跑着。九十九也奔跑着。他们冲进登机门，递上登机牌，上了飞机，快步走在小型机的通道上，上气不接下气地找到了自己的座位。他们刚系上安全带，飞机就迫不及待地准备起飞。九十九张着嘴，眼睛一眨也不眨，一脸茫然的表情。一男看着他的样子，觉得很滑稽，忍不住笑了起来。看到一男的笑容，九十九似乎终于放了心，也跟着笑了起来。

　　从巴黎到摩洛哥最大城市卡萨布兰卡的穆罕默德五世国际机场将近三个小时的航程，一男和九十九在那里再度转机，终于抵达了这趟毕业旅行的目的地马拉喀什。

距离他们从日本出发已经整整过去了二十三个小时。

一部电影促成了他们这趟旅行。

毕业之前，他们在整理落语研究社的社团活动室时，偶然发现了一盒录影带。一男和九十九好像受到了命运的指引，在狭小的活动室内看了这部电影。

"观光客在抵达之后，就开始想回家的事，但旅人有可能从此不回家。"

电影以这句话拉开了序幕。

一对家境富裕的夫妻从纽约来到这个沙漠城市，一到码头，妻子就说："你只是观光客，但我同时是个旅人。"

这对曾经相爱的夫妻共同生活了十年的岁月后，彼此的关系已经彻底冷淡。他们从摩洛哥来到撒哈拉沙漠，试图借由这趟旅行修复彼此的关系。但丈夫在旅途中生病去世了，妻子在丈夫死后，消失在沙漠中。

最后，当局找到了妻子，她好像梦呓般说："我失去了一切。"她失去了旅行袋、金钱、丈夫和身为一个人存在的意义。最后，失去一切的妻子再度回到了曾经是这趟旅行起点的饭店，电影在饭店的一位老人说的一番话中落幕。

"人无法预知自己的死亡，所以总以为人生是取之不尽的泉水，然而，所有的事物最多只能发生数次而已。曾经影响自己人生的重要回忆，你还能回想几次？最多只有四五次而已。还能看几次满月？最多二十次而已，但人们总是认为有无限的机会。"

这是一部很奇妙的电影，整部电影都散发出强烈的倦怠感，却让人无法移开视线。电影中出现的摩洛哥街道和撒哈拉沙漠具有崇高的美，却又充满了无限绝望。无垠的沙漠中，任何高度文明都失去了意义，金钱也无法发挥任何作用，然而，生活在文明中的人们完全没有意识到这件事，完全没有想到最多只能再看二十次左右的满月。

看完电影，九十九兴奋不已。

九十九向来喜欢卓别林和比利·怀尔德那种古典电影，这次却深深地爱上了这部电影，他对摩洛哥充满了向往。在九十九难得热心的提议下，他们决定一起去摩洛哥旅行。这是他们的毕业旅行。

一男曾经独自去东南亚（都是去泰国、新加坡这种适合初次出国旅行的国家），那是九十九第一次踏出国门。虽然经常出国旅行的朋友说"这样只会造成加倍的危险"而表示反对，却无法动摇他们的决心。一男和九十九相信，他们两个人在一起就是百分百的完美。

他们在马拉喀什的迈纳拉国际机场花了三十迪拉姆（相当于三百日元），搭上了叫客的巴士。车窗外，夜晚的马拉喀什街头一片漆黑。黑色很浓，好像用黑色颜料涂了好几层。

巴士在好像永无止境的黑暗中持续行驶，每过几分钟，就来到一个三岔路口，巴士时左时右地前进，然而，无论行驶多久，道路仍然笼罩在一片黑暗之中。

三十分钟后，当一男渐渐觉得可能永远无法穿越这片黑暗时，遥远的前方出现了微光。巴士在十分钟左右后来到名叫德吉玛的巨大广场。在一切都被黑暗笼罩的世界中，只有那里被无数的电灯照亮，这个在阿拉伯文中代表"死者的集会"的广场上，不计其数的人影在走动，宛如被捕蛾灯吸引的飞虫。

一男兴奋地看着身旁的九十九，九十九用那双黑猫般的眼睛注视着广场。他可能感到害怕。这也难怪，因为这是他第一次出国旅行。

"没事，我们走吧。"一男说道，九十九看着前方，轻轻点了点头。

他们冲进了灯光中。

广场上挤满了各式各样的摊位，从水果干到柳橙汁、煮蜗牛到烤羊脑，应有尽有。每个摊位都很热闹，人们挤在一起大快朵颐。

街头艺人、舞者、歌手、小剧团、画家、说书人、驯蛇师挤在广场中央表演各自的节目，各种表演都有观众，也都赢得了掌声。

"你们……日本人？"

突然有人用生硬的日文对他们说话，回头一看，一个摩洛哥少年露出可爱的笑容看着他们。少年差不多才六岁，虽然身上的衣服很脏，但黝黑的身体很结实，五官也很俊俏。

"旅馆……有吗？我……带你们去……很好的旅馆，来这里，"少年说完，用力向他们招手，"别担心，我喜欢……日本人，朋友……不用钱。"

这是怎么回事？

刚到摩洛哥就遇到了难题的一男感到困惑不已。

"那……那就去啊，"一旁的九十九说，"他说不用钱。"

"是啊，反正我们还没有订旅馆，那就去看看吧。"

"嗯，他……他是小孩子，看起来不像坏人。"

少年带着他们两个走进了两旁挤满围着高墙的房子、好像迷宫般的巷道。巷道通往四面八方，所有的巷道都弯曲而复杂。离灯火通明的德吉玛广场越远，巷道越狭窄，黑暗也更深。野狗和游民张大眼睛在路旁打转，发出呻吟看着一男他们。少年一路小跑着在前面带路，一旦跟丢了，就会无法回到刚才的广场。一男和九十九快步跟着少年，少年不时地回头对他们说："别担心，别担心。"他到底要把我们带去哪里？一男为几分钟前没有经过深思的决定感到后悔，但也只能继续跟着他走。

时前时后，时左时右地走了二十分钟左右，当感觉因为不安和混乱渐渐麻木时，少年在一扇老旧的木门前停下了脚步。少年说："这里……旅馆。"然后用大铁环敲着门。旅馆里的男人一脸等待已久的表情从里面走了出来，晃了晃脖子，示意他们进去。一男和九十九互相看了一眼，正准备走进去，少年的两道眉毛皱成八字，流着眼泪，伸出了双手，用和刚才完全判若两人的悲伤声音，不断重复着："Baksheesh（小费）。"他好像在乞讨，但他的表情实在太生动，应该经过多次的磨炼，造就了如此炉火纯青的表情。

"Give him some money.（给他一点钱。）"旅馆的男人用流利的英文对他们说。

少年得到了旅馆男人的支持，继续说道："Baksheesh，only ten dirham.（小费，只要十迪拉姆。）"

果然是这么一回事，一男心想。他曾经在东南亚一带多次遇到相同的事，少年根本不可能白白做好事，有钱人才会发挥慈悲心做公益，而这种伎俩正是这些少年做生意的方式。对这个国家的少年来说，这就像在便利商店或是在快餐厅打工一样正常。即使拒绝也没有用，一男默默地从钱包（挂在脖子上的旅行专用钱包）里拿出十迪拉姆硬币。

九十九抓住了一男的手。

"没……没必要付，他刚……刚才说不要钱。"

"但他带我们来了这里，所以就给他吧。"

"不，不可以这样，一男，"九十九低着头，用强烈的口吻说道，"我……我并不在乎钱，只不过是一百日元左右的钱，但他刚才自己说不要钱。"

九十九说完，甩开少年，打开门走了进去。一男急忙想要追上去时，少年突然露出可怕的表情，抓住一男的衣服。他力大无比，难以想象只是一个少年。他瞪着一男大骂："Fuck You!（混蛋！）"丑陋的表情就像刚才在路上看到的野狗一样。一男看到少年骤变的样子，不由得害怕起来，便甩开少年，逃进了旅馆，用力关上了门。旅馆的男人耸了耸肩，看着一男和九十九，似乎在说这也是无可奈何的事。

那天晚上，一男辗转难眠。也许是因为时差的关系，但少年的表情深深烙在他的眼中挥之不去。少年大骂"Fuck You!（混蛋！）"的嘶哑声音一次次在耳边响起。只要付一百日元，就不必体会这种心情，九十九为什么坚持不必付钱呢？一男想要向九十九问清楚，但九十九在旁边那张床上已发出静静的鼻息睡着了。他在飞机上完全没有合眼。

一男和九十九被鹦鹉聒噪的叫声吵醒，走出房间后，忍不住倒吸了一口气。昨天晚上太暗了看不清，原来这里是个阿拉伯式的中庭庭院旅馆，客房都在挑高的中庭四周，在藤蔓和鲜花装饰得很美的中庭上方，是一片蔚蓝的天空。看到这片蓝天，一男真切地感受到自己来到了摩洛哥。

一男和九十九在可以远眺德吉玛广场的庭院旅馆顶楼喝着甜甜的薄荷茶。朝阳映照的马拉喀什街道明亮无比，和前一天晚上的阴郁感觉形成了对照，激发了一男内心的乐观情绪。他们看着地图讨论着，决定一起去市场。

市场比市区的路更窄，更像迷宫。

银制雕刻、木制品、皮革雕刻和丝绸，各家商店都贩卖不同的商品。继续往里面走，还有马赛克瓷砖、波斯地毯、摩洛哥小羊皮鞋，以及各种香料店，每家店都很有摩洛哥特色，所有店家的店内外，从墙壁到天花板都陈列着商品。一男看着这些琳琅满目的商品忍不住想，有这么多商品，就代表有这么多人在卖这些商品，也有很多人来购买这些商品。

在充斥着宛如沸腾般的热气和混杂了动物和植物异味的市场内，他们像着了魔似的逛来逛去。地图已经失去了意义，他们就像孩子在巨大的迷宫中游戏般随便乱走，不时走回刚才已经来过的地方。

市场最深处有几家陶器店，继续往里面走，有一家小店。那家小店差不多只有七平米，比其他店更小更脏，但这家店的感觉很吸引人。一个年迈矮小的男人坐在昏暗的店里，脸上长满了胡子，衣服很破旧，看起来很寒酸。他坐在一张小木椅上，弹奏着只有两根琴弦、看起来像简单版吉他的乐器。只有两根弦的乐器演奏出来的旋律很简单，却充满了幻想的魅力，仿佛会把人带入奇异世界。

一男和九十九被音乐声吸引，走进了那家店。他们一进门，陶器店老板静静地站了起来，打开了灯。乳白色的灯光照亮了整个店。

一男忍不住倒吸了一口气。店内打扫得一尘不染，和外观完全不同，整齐地陈列着鲜艳的深蓝色、胭脂色、紫色和淡绿色的美丽盘子和茶具。因为太安静了，一男忍不住看向身旁的九十九，发现他同样惊呆了。

他以前从来不曾对陶器产生过兴趣，这时却发自内心地想要拥有这些盘子和杯子。虽然他和九十九没有交谈，但九十九似乎也有同感。一男在比较了几个陶器后，选中了一个白底深蓝色图案、价格一千日元左右的盘子。

九十九不断和陶器店老板讨价还价（他选中的每个盘子都超过一万日元）。九十九先挑选了一个盘子和老板交涉，老板说无法卖那么便宜，然后他从里面拿出另一个盘子，问九十九是否喜欢。新的盘子也漂亮得让人爱不释手，所以九十九就越买越多。每次决定要买，和老板讨价还价，老板又拿出新的盘子，然后决定连新的盘子也一起买的前提下继续杀价。他们的交涉简直就像是吸引观众目光的网球对打，那是彼此都了解物品真正价值的美丽对打。

九十九忘我地和老板交涉，几个小时转眼就过去了，天色渐渐暗了下来。一男在感受到黑暗的瞬间，身体深处涌起一股寒意，那是让他预感自己即将发高烧的寒意。不知道是昨晚在路边摊吃的食物有问题，还是水土不服导致体力过度消耗所致，但他认为都不可能，也许只是时差的关系，只要回到旅馆稍微休息一下就好。虽然脑袋里这么想，但身体颤抖不已。上半身的寒意扩散到下半身，他全身发抖，无法继续站在那里，当场蹲了下来。

"一……一男！你怎么了？没事吧？"

九十九发现情况不妙，紧张地问。

一男想要回答自己没问题，但身体颤抖不已，说不出话，只能发出"呃"的无力声音。

"我……我去找医生！"

九十九冲出店外，他的身影在一男模糊的视野中越来越小。这时，一男突然感到极度不安。他想要叫"九十九，请你别走！"但干燥的喉咙好像被封了起来，发出的气息无法成为声音，消失在空气中。在九十九的身影消失的同时，街头的大型扩音器传来男人的粗犷声音，巨大的音量好像在念咒语。好可怕、好可怕、好可怕。一男昏了过去，好像要让意识远离难以承受的恐惧。

一男不知道自己睡了几个小时。

他醒来时，发现自己躺在铺了柔软亚麻布床单的床上。床有顶盖，木床周围是蕾丝床帷，那是一张如假包换的波斯木床。烧似乎已经退了，他既不觉得冷，也不再头痛，但他想要坐起来时，发现身体仍然很沉重。这种沉重的感觉证明了自己曾经深受高烧的折磨。

这里是哪里？

一男下了床，迈着沉重的步伐来到窗边，立刻发出了惊讶的呻吟，瞪大了眼睛。

窗外是一片无垠的沙漠。

芥黄色的沙漠一眼望不到尽头。

一男冲出房间。长长的走廊上铺满了深红色波斯地毯，走廊两侧总共有八道门，他沿着走廊一直走到门外。

一男住在一栋可以俯视整片沙漠的豪宅内。

豪宅前系了数十头骆驼和马，有一排高大的椰子树，绿洲中央有一个大水池。

一男茫然看着这片宛如梦境般的景象，愣在原地，陶器店老板走了过来。他身穿深蓝色丝绸衣服，头上裹着洁白的头巾，手腕和脖子上戴了许多金饰和珠宝，一看就知道他是个有钱人，和在市场的时候判若两人。

随在老板身后的高个子男人（应该是仆人），手拿的托盘上有一个银杯子，在老板的示意下，一男一口气喝完了鲜榨的柳橙汁。新鲜柳橙汁酸酸甜甜的香气从嘴里扩散到鼻子，身体补充了水分和糖分后，一下子变得轻松了。

"谢谢你，请问这是哪里？"

一男用蹩脚的英语问道，陶器店老板笑着用手比了比房子，然后把手放在自己的胸口，可能代表"这里是我家"的意思。然后，陶器店老板用简单的英文和肢体语言，向一男说明了他出现在这里的来龙去脉。

昨天晚上，九十九冲出陶器店后，迟迟没有回来。一男的身体状况不断恶化。陶器店老板判断继续等下去会有生命危险，于是拿着用来包陶器的毛毯把一男包了起来，抬到车子的货厢里，把他带回了沙漠中的家，让他躺在床上，请平时就住在家里的医生为他开了一些药。

陶器店老板说，明天要去市场开店做生意，早晨可以送一男去马拉喀什。只要回到马拉喀什，回到旅馆，就可以见到九十九。陶器店老板说："如果你们是好朋友，一定可以见到。"在日落之前的几个小时，一男在陶器店老板的建议下，和他一起骑着骆驼在沙漠上散步，又坐了绿洲水池内的船。

到了晚上，一男和陶器店老板坐在可以眺望月夜沙漠的露台上吃着晚餐，听他诉说奇妙的人生故事。

陶器店老板家境贫寒，但他很有才华，能够制作出美丽端正的陶器。不久之后，他把自制的盘子和杯子放到市场内寄卖，这些陶器深受好评，销路很好。

几年后，他用赚来的钱在市场深处开了一间小店。他身着寒酸的衣服，脸看起来脏兮兮的，在昏暗的店内卖陶器。他的陶器比其他任何店的更漂亮、更耐用。即使像一男那样的外行人走进店内，也会立刻被他的陶器吸引。客人只要一走进他的店里，就会情不自禁把他的陶器带回家。十几年来，他捏土制作的陶器变成了大量金钱，娶了美妻，生了七个孩子，买了这片可以看到辽阔沙漠、绿洲就在眼前的土地，建造了这栋豪宅。

他成为有钱人后，却没有改变工作方式。每天深夜起床制作陶器，当朝阳升起，就换上"工作服"去街上，把陶器运到市场最深处的店里，陈列在小店内，一边演奏着乐器，等待顾客上门。当顾客上门后，在回应还价的同时，努力向他们多推销一些盘子。

"你为什么不扩大营业？"一男问。

"因为没有必要，"陶器店老板回答，"不仅没有必要，而且目前的方式最能够促进销量。"

他没有扩大营业，也没有四处夸耀自己的奢华生活，而是在沙漠中建造豪宅隐居，一如往常的寒酸装扮，一如既往地在小店工作。他深信这是做生意最好的方式，只要能克制虚荣心和欲望，就是持续富裕而幸福生活的最佳选择。

经济学之父亚当·斯密曾经说："世人尊重有钱人，把他们视为伟人。"

陶器店老板认为这句话是真理，同时假设了这句话还有"后续"。

"世人尊重有钱人，把他们视为伟人，但伟人的幸福无法长久。"

所以，他虽然成为有钱人，却选择不当伟人。他用这种方式选择了长久享受幸福之路。

那天晚上，一男迟迟难以入睡。

九十九在干什么？他会不会感到不安？他一定很害怕，独自身处那个城市，一定感到彷徨无助，但目前自己无能为力，也无法联络他。

他在床上辗转反侧了三个小时，当月亮爬到天空正上方时，突然听到远处传来敲门声。几秒钟后，走廊上响起啪嗒啪嗒奔跑的声音。脚步声在一男的房间门前停了下来，门打开了，是九十九。他可能找了很久，脸晒得很黑，衣服上也有很多灰尘和泥土。

九十九一走进房间，立刻喋喋不休地说着一路找来的过程。他说得语无伦次，但还是可以知道，他经历了一场大冒险。

一男看着九十九的脸，泪水忍不住涌上心头。

然而，九十九先哭了起来。

"对……对不起，一男，你一定很不安，一定感到很害怕。当……当时我不应该把你留在那里，自己去找医生。我一直很后悔。如果当初我没有说想去摩洛哥，就不会发生这种事了。对……对不起，一男，真的对不起……对不起……"

九十九泣不成声地痛哭起来，最后甚至蹲下来号啕大哭。一男轻轻走到九十九身旁，紧紧抱住了他。

当时，九十九为什么哭得那么伤心？

一男有很长一段时间无法理解这件事。

但是，如今似乎能够了解其中的原因。

"观光客在抵达之后，就开始想回家的事，但旅人有可能从此不回家。"

他想起了电影中的这句台词。

去摩洛哥旅行时，一男是观光客，九十九是旅人。对一男而言，还可以看无数次的月亮，在九十九眼中，是最后一次看到的月亮。

九十九决定不回家。

九十九决定在那趟旅行中告别一男。

英国的神学家托马斯·富勒曾经说："金钱是主宰世

界的神。"

每个人都会在金钱面前俯首称臣。如果这个世界上有共同的神，也许就是金钱。

一男想起这句话，看着台上的千住。

他曾经是九十九的好友，能够帮自己找到消失的三亿日元的最后一个人。

"你现在幸福吗？健康吗？是否感受到自己的成功？有没有足够的金钱实现呢？"

千住穿着富有光泽的黑色西装，里面搭配黄色高领毛衣，两只手腕都戴了金色佛珠。戴着夸张的耳机麦克风，故弄玄虚地停顿片刻后继续说道："我……现在要告诉你们……金钱和幸福的答案。"

礼堂内整齐地排放着折叠椅，一男坐在最后一排，看着台上的千住。

这里是市中心的商业街，这栋八层楼的大楼静静地坐落在街角。礼堂内的白色墙壁看起来死气沉沉，虽然是白天，但正方形窗户前拉起了百叶窗，日光灯的光线更衬托了这个空间的阴沉沉。

一男的前方坐了一百多个男男女女，都在竖耳细听千住的话。男女比例各半，年纪从三十多岁到五十多岁，千住背后的墙上挂了一块写着"亿万富翁新世界"的大招牌，本杰明·富兰克林（就是印在一百美元上的那个人）和福泽谕吉（印在一万日元上的那个人）的肖像画装在画框内，挂在左右两侧，在阴沉沉的礼堂内，这两幅肖像画显得极不协调，配合着响彻整个会场的激昂歌声（应该是爱尔兰的知名女歌手的歌曲），都让一男感到浑身不自在。

和百濑道别后，一男立刻试着联络千住。

他整整打了两天的电话，但千住始终没有接听。一男无奈之下，只能在网络上搜索千住，立刻找到了他的下落。他目前在东京都内创办了"亿万富翁新世界"的研讨会，并定期举办聚会。

官网上有千住的巨幅照片，穿着黑西装、黄色高领毛衣，一头长发用发油梳向后方，露出推销邮购业务员般夸张的笑容伸出双手。一男点击了照片，出现了挂着"亿万富翁导师"头衔的千住的个人资料。

千住自大学退学后去南美大陆流浪，在世界最南端城市乌斯怀亚遇见了"神"，得到了关于"金钱和幸福的答案"的神谕后，立刻回国创业，无论做什么生意，"都像做梦般顺利"，转眼之间，就成为亿万富翁。之后，他卖掉公司，得到了庞大的资产，远离商场，为了向更多人传达"金钱和幸福的答案"的神谕，创立了"亿万富翁新世界"。

　　网站上所有的内容都写得天花乱坠，就像是着色太鲜艳的人造花，反而有一种奇怪的感觉。一男突然想起以前曾经看过一本亿万富翁写的书，上面有一句话："有钱人的快乐建筑在穷人的眼泪上。"这个一看就很诡异的团体竟然会有很多会员，获得了很高的收益。这种状况令人难以相信。这个世界上，一定有人认为假花比真花更美。那是不会枯萎、不会腐朽、不会失去的世界。即使那是用谎言堆砌的世界，也会有人会向往、渴望。正因为如此，无论在哪个时代，都不断有像千住那样的人出现。

　　一男试图通过官网和千住取得联络。

　　一男说想了解九十九的事，希望能够见面详谈。他写了这些内容后寄了出去，收到了事务局的回复，而且回复内容是邀请他参加千住的课程。参加费两万日元，而且还一副施以大恩的态度再三强调，原本五天的课程收费八十万日元，但现在以优惠价提供第一天课程的旁听。在几乎都是用复制粘贴的方式写的电子邮件中，数度提到了"金钱和幸福的答案"这句话。那是当年九十九在摩洛哥的沙漠中对一男说的话。一男每次看到这句一再重复的话，就确信千住和九十九关系很密切，于是决定来参加今天的课程。

"只要用功读书，从一所好大学毕业，找到一份理想的工作，就可以成为有钱人……真的是这样吗？"

会场内鸦雀无声。千住对超过一百名参加者说："答案是NO！那个时代早就结束了，如今能够成为有钱人的，都不是走这种既定路线的人。那么，如何才能成为有钱人呢……学校和父母有没有教我们成为有钱人的方法？"

所有参加者都一动也不动，默然不语地注视着千住。

千住感受着众人的视线继续说了下去。他说话的方式很拖拉，好像话语和话语之间用很黏的线连了起来。

"答案当然是NO，学校从来不教我们金钱的本质，父母也从来不教我们。原因很简单，因为没有人了解金钱，如果当今的教育能够正确教导有关金钱的事，所有的银行工作人员应该都是有钱人，国家也不会陷入财政困难。无论当上会计师，或是取得 MBA，结果都一样。即使一味学习传统的金钱规则，也无法在这个世界成为有钱人。那么，到底该向谁学习金钱的事呢？"

一男注视着千住。他满脸笑容，洁白的牙齿很整齐，脸上的表情充满自信，然而，一男在他的眼睛深处看到了黑暗。九十九坐在偌大房子的水泥地上时，眼睛深处也有相同的黑暗。

"答案很明确，必须向有钱人请教有关钱的问题，因为只有他们在金钱方面有所成就。只不过看再多他们写的书也没用，因为书上写的都是死知识，他们写在书上，让大家都能够分享这些知识，就无法正确引导你。因为世界上的规则已经发生了改变。"

一男坐在最后一排，也可以感受到全场观众在短时间内被千住吸引。每个人来参加这个课程之前，内心都会有些许不安和怀疑，觉得可能有问题，可能会上当受骗，但欲望就像灵魂出窍，离开了迷惘的心，飞向了千住。

"各位之所以无法成为有钱人，理由很明确，都是因为无知。亚当·斯密曾经说过：'有一个有钱人，就至少必须有五百个穷人。'这句话完全正确,这个世界很不公平,虽然有人说'穷人比富人更幸福',说这种话,让穷人停止思考的必定是有钱人,越是大声嚷嚷'金钱不是一切'的人,钱往往多到发臭。"

千住继续发表煽动性的言论,有人拿出了笔记本或手账开始记录。有一个人开始做笔记后,周围的人也纷纷拿出笔,像骨牌效应,像瘟疫传染般加速扩散。五分钟后,会场内几乎所有人都开始认真做笔记。

"无知是恶魔,各位需要全新的'金钱和幸福的答案'。如果找不到这个答案,你们就将重蹈自己老师和父母的覆辙。无法想象还有其他路可走,只能日复一日地穷困下去。首先,必须了解金钱到底是什么,否则,你们就会一辈子为老板卖命,为缴税而工作,为还银行的贷款而工作。在可以快乐生活的时期,把幸福推开,为了自己根本用不到的钱卖命,这和奴隶没什么两样。各位必须赶快摆脱这种奴隶状态。"

这个人是九十九的好朋友吗?这个蔑视穷人、自以为是金钱教主的男人,真的曾经和九十九一起工作吗?

"各位,不要再把责任推给教育或是政治了,因为问题出在你们自己身上。如果你们不改变自我,就无法改变任何事情。金钱不会改变，老师、政治人物和国家也不会改变，但是相较之下，改变自我比较容易。请各位从今天开始，和我一起寻找金钱和幸福的答案。"

千住一口气说完后，发给每个参加者一张白纸。看到所有人都拿到白纸后，千住缓缓地说："如果你有用不完的钱……你想做什么？想买什么？不管什么都可以，也没有任何限制，充分发挥各位的想象力……在三分钟内，把你想要的东西全都写出来。"

响彻全场的歌曲进入了副歌的高潮部分，日光灯照亮了阴沉沉的礼堂，参加者好像被歌曲的旋律鼓舞，同时拿起了笔。一男觉得好像在参加大学入学考试，被眼前的景象震慑了，但还是拿起了纸笔。

清偿债务。家庭和乐。出国旅行。健康长寿。

虽然他一一列举，却完全没有真实感。想要的东西、想做的事、想去的地方。这些真的是自己渴望的吗？一男有点不知所措，偷偷瞄向坐在自己左侧的中年男人和右侧上了年纪的女人写的内容。

环游世界。豪宅。幸福的家庭。

只看到片断的文字。

一男感到很难过，这种难过渐渐变成了悲哀。

会场内所有的人，应该都写下了大同小异的内容，每个人都为了不着边际的梦想和欲望追求金钱。

"尽可能具体写下自己想要的东西和想做的事，"千住好像看透了一男的心情般说道，"金钱喜欢具体的梦想，如果只是模糊的梦想，金钱不愿靠近。来吧，各位充分发挥各自的想象力，写下更多、更具体的梦想，你的所有梦想将在不久之后实现。"

千住说得对。一男想道。

我们不知道自己想要什么，却不断想要拥有，又不断失落。大家拼命写着自己的梦想，环游世界、豪宅、幸福的家庭，但其实并没有任何想去的地方，只是想离开这里，去某个地方而已，期待金钱能够让这些不着边际的梦想和欲望变得更真切。

三分钟在转眼之间就结束了，千住拍了拍手，参加者如梦初醒般抬头看着他。

"各位……你们刚才写的梦想……都可以实现，但是，首先需要下决心，要决心告别以前的自己，成为一个全新的自己……方法只有一个。"

站在台上的千住在每句话之间都停顿很久，每个参加者都在等待他的下文。

"先请各位拿出一万日元，双手拿住。"

所有人都弯下腰，从放在脚下的提包或是裤子口袋内的钱包中拿出一万日元。一男想起课程通知的电子邮件中提到"除了参加费以外，务必带一万日元纸钞前来"。接下来有什么仪式吗？

"各位将要拿到迈向崭新人生的通行证，只要有人下定决心，将由我亲自发行一张通往亿万富翁新世界的通行证。在座的各位……有没有人已经下定了决心？"

几秒钟的寂静。不一会儿，最前排响起一个响亮的声音。"我！"一个矮胖男人举起了手。

"那就请这位先生……到我的面前来……然后，请用双手高举这一万日元。"千住说完，让那个男人站在他面前。那个胖胖的男人看起来三十多岁，满脸疲惫，一双发光的眼睛显得很不协调。"接下来，这张一万日元将成为你迈向崭新人生的通行证，但目前只是普通的一万日元而已，接下来，我要你……拥有超越金钱的力量。"

全场所有人都用夹杂着不安和期待的兴奋眼神注视着千住，千住似乎感受到所有人的心情，大声地说："所以……现在请你撕了这张一万日元。"

会场顿时骚动起来。我们是为钱而来，却要撕钱吗？我做不到，也不想这么做。所有人的心声都聚集在一起，形成了无法用言语表达的骚动。

从出生到死亡，到底有多少人撕过一万日元？一千个人中应该也没有一个吧？想必其中存在着信仰，就像无法烧掉宗教画，无法破坏佛像一样。纸币虽然只是纸张而已，但是，对金钱的信仰禁止我们撕钱。

站在千住面前的男人和其他众多参加者一样感到困惑，拿着一万日元愣在那里。这时，千住突然大叫起来。

"快撕！你这个穷光蛋，赶快撕钱！马上给我撕！"

千住露出像野兽般的表情，口沫四溅地大叫着。那个男人被他骤变的态度吓到了，手上的一万日元掉在地上。千住粗暴地捡起一万日元，塞到男人的脸前继续大叫着。

"撕啊！马上给我撕！难道你还想继续留在贫民窟吗？"

男人用手指拿着一万日元的上方，他的手指在发抖，泪水从他的眼中流了出来。他陷入了恐惧和混乱，勉强继续站在台上。

"快啊！快啊！快啊！快啊！"

背景音乐的音量越来越大。千住继续叫嚣着。他扭曲的叫声透过麦克风，从扩音器传遍整个礼堂。男人闭上眼睛，发出呻吟，把一万日元撕成了两半。

"呜噢噢噢噢！干得好！"

千住做出极度夸张的胜利姿势后，紧紧抱着那个男人。那个男人流着眼泪，两只手分别握紧被撕成两半的一万日元，他好像浑身瘫软，无力地跪在地上。千住把他抱了起来，动用了脸上所有的表情肌，挤出一个灿烂的笑容，然后带着笑容泪流满面。

"你战胜了金钱，从今以后，不再是金钱的奴隶，开始支配金钱。你今天迈出了一大步。欢迎你……来到亿万富翁新世界。"

男人和千住一样泪流满面，一次又一次说着："谢谢。"千住轻轻抽走男人紧握在手的半张一万日元，然后面对参加者，高高举起那半张钱。那张纸片上画着福泽谕吉，看起来就像是肖像画。

"这半张由我保管，另外半张由你自己保管，这象征了你我之间的关系。这两张纸分开时没有任何价值，只是普通的纸，只有当我们在一起时，才具有价值。从现在开始，我们将一起去亿万富翁新世界探险。"

那个男人还在哭，浑身仍然颤抖不已，但脸上已经露出了笑容。当他走回自己座位时，会场内响起如雷般的掌声。千住面带笑容地看着大家鼓掌，当掌声停止后，他继续说道。

"你们……是为了成为有钱人而来到这个世界！"

千住把手伸向参加者说。

"请你们和我一起高喊！"

所有参加者都不假思索地叫了起来。

"我们是为了成为有钱人而来到这个世界！"

"我们是为了成为有钱人而来到这个世界！"

千住高举拳头，再次重复叫喊着。

参加者整整叫喊了一分钟。有人兴奋得满脸通红，有人一脸幸福地笑着仰望天空，也有的人流着眼泪，不知是喜还是悲。每个人都大叫着，一个接着一个开始撕一万日元。

这简直是异样的景象。每个人都笑着大喊，流着泪撕一万日元。

大合唱持续了一阵子，千住看到几乎所有人都把一万日元撕成了两半后，举起了双手。所有人都安静下来，注视着他。千住巡视每一个"信徒"的脸后，静静地开了口。

"欢迎你们来到亿万富翁新世界，你们是为了成为'幸福的有钱人'而来到这个世界。"

长达四个小时的"第一堂课"结束了。

千住高举着双手离开后，整场都像石像般一动也不动地站在舞台两侧的两个男人（和千住一样，也穿着黑色西装和黄色高领毛衣），好像突然摆脱了女妖美杜莎的诅咒般动了起来。他们走上舞台，一口气说了起来。

"今天这堂课能不能对你们的人生发挥作用，完全掌握在你们的手上。只要能够继续参加后续的课程，就可以更稳当地踏上亿万富翁之路。今天晚上有亿万富翁导师千住的个别辅导课程，导师将拨冗指导每一个人，使其能够更深入了解'金钱和幸福的答案'。如果想要改变人生，请务必参加。参加费用每人四十万日元。"

两个男人轮流把脸凑到麦克风前说话，滑稽的样子好像在表演相声，但一男笑不出来。那两个男人时而严肃，时而哀伤，最后露出了笑容。喜怒哀乐都像是事先设计好的，一男突然想起在摩洛哥遇见的那个少年的脸。表情太生动，那是只有经过多次的磨炼，才能做出如此炉火纯青的表情。

　　两个小时后，一男走在夜晚的街头，寻找那对相声搭档指定的场所。他决定支付四十万日元和千住见面。

　　四十万日元。那是一男工作一个月的代价。相当于工厂的四千个面包、女儿学芭蕾一年的学费、债务的三个月利息，他不认为这是适当的金额，但世界上所有事物的价值，都是由人心决定。

　　天才投资家乔治·索罗斯曾经说过："支配市场的不是数字，而是人类的心理。"人类的欲望和恐惧决定了事物的价值，和千住面对面的数小时之所以会被标上四十万日元的价格，就代表的确有相当于这个价值的欲望和恐惧。

　　百货公司、西装量贩店、电玩中心、KTV、快餐厅、色情按摩店、鞋店、书店、居酒屋、便利商店。人类的欲望好像马赛克般杂乱地组合在一起，闪着五光十色。一男独自摇摇晃晃地走在人群中，欲望的马赛克在他眼中变得模糊，自己的幸福也变得模糊不清。清偿债务、和妻子破镜重圆、和女儿共同生活，一切都渐渐离去。

　　三亿日元消失后，一男几乎不分昼夜、不眠不休地工作。他的意识因为睡眠不足和疲劳而混沌不清，不时地感受到强烈的反胃。在这个国家，只要踏出家门，钱就会在转眼之间消失。这几个星期，他已经花了五十多万日元。也许无论怎么寻找，九十九带走的三亿日元都不会回来，但一男已经别无选择。

这条小巷好像影子般躲藏在巨大的购物大楼和挤满闪烁霓虹灯的街道缝隙中，那里就是指定的地点。那是一个小剧场，大门充满江户时代的味道，门口竖着"今日包场"的牌子。一男从牌子旁经过，走进昏暗的剧场。

他穿越大厅，打开了剧场的门。观众席没有灯光，剧场内一片漆黑。一男忍不住浑身一颤。他感受到一股让人冻结的寒意。虽然在室内，但这里的空气比外面更冷。他定睛细看，发现舞台上设置了一个高台，两侧放着蜡烛。只有那两支蜡烛发出晃动的火光照亮整个剧场。鬼故事。这几个字浮现在一男的脑海，他缓缓巡视剧场内，发现原本以为空无一人的观众席上有一个人影。那个人影坐在前方中央的座位，身穿黑西装，一头黑发梳得油油亮亮。他是千住。

一男静静地在千住旁边坐了下来。

"欢迎你……来参加私人课程。"

千住没有转头看一男，看着前方说道。他的视线看着舞台上的高台。即使只有他们两个人，千住仍然维持着白天在台上说话时独特的拖拉节奏。

"那个……我是……"

"我知道。很高兴认识你……一男。"

"千住先生，我今天是来向你打听九十九的事。"

"以前，我和九十九经常来这里。他真的很喜欢落语，无论再怎么忙，都会抽空邀我一起来看落语表演。我原本对落语完全没有兴趣，但陪九十九来了一段时间后，也渐渐爱上了，现在可以算是落语爱好者。他经常说，我是第二个受到他的影响而喜欢落语的人，还说另外一个人也是他的好朋友。"

一男终于了解千住为什么会指定这里。

同时觉得他一定掌握了能够找到九十九的线索。

"我正在找九十九，因为他带着我的三亿日元消失了。我欠了三千万的债务，无论如何都必须找到他，把钱要回来。请你告诉我关于九十九的事，即使是以前的事也无妨，也许可以成为找到他的线索。"

"你先别着急，我想我知道你为什么愿意付这么多钱来这里，我也打算告诉你九十九的事，但在此之前……

我认为首先必须和你谈一谈我的事。"

"请你告诉我，我想知道你为什么会成为九十九的好朋友。"

"好朋友……这个字眼很难啊。我们也许曾经是好朋友，也曾经有过这样的梦想。你看到我刚才的样子，一定很轻视我吧，甚至可能对九十九为什么有我这种好朋友产生疑问。"

一男没有说话。当内心的想法被人说中时，根本不需要回答。

"我现在为什么会用这种方式生活，其中是有原因的，差不多是像短篇小说一样的故事，但九十九也会在这个故事中出现。我想要告诉你……你愿意听吗？"

"我洗耳恭听。"一男回答。

"好吧。"千住小声嘀咕，看着蜡烛的火光说了起来。

"十几年前，我出了车祸，我的好朋友也因此身亡。他和我一起长大，也是我当时人生中唯一的好友。当时我还是大学生，在失去好友之后，无法原谅自己仍然一如往常地过日子，也无法原谅自己继续活着。我向大学申请了休学，开始四处旅行。从北美大陆到南美大陆，靠着搭便车和打工，持续旅行了两年，但在抵达南美大陆最南端的城市乌斯怀亚时，我的钱用光了。南极近在眼前，我却身无分文，被困在那个小镇，当时，我发现了一件事。"

"你发现了什么？"

"我的旅行没有目的地，只是想要逃避失去好友的现实，于是，我回到了日本，当然必须工作养活自己，但我很清楚，我这么懦弱，根本无法适应普通的公司。我看了几家新创公司的网站找工作，结果看到了古怪的招聘启事。"

"怎么古怪？"

"'招聘能够信任的人，我能够信任的人，和能够信任我的人。'那几个毛笔字写得很丑，却苍劲有力，让人忍不住看得出神。那是九十九写的招聘条件。"

"的确很与众不同。"一男忍不住笑了起来。

"没错，"千住也淡淡地笑着，继续说道，"不光是招聘启事很古怪，录取的方式也同样古怪。他总共录用了三个人，既没有面试，也没有审核履历，九十九根据我们应聘的先后顺序录用了我们三个人。我是第一个，其次是百濑，最后是在派对上认识的十和子。"

"先到先得的意思吗？"

"不，并不是这样。九十九曾经多次对我说：'因为我想要彻底相信前来应聘的人。'听到他这句话，我觉得神宽恕了我，我终于摆脱了失去好友后觉得只有我自己继续活在世上的罪恶感。我在九十九身上感受到和自己相同的'哀伤'，我觉得九十九和我都发自内心在寻找自己能够相信的人，更渴望能够找到相信自己的人。"

千住充满怀念地说道。剧场内仍然很冷，吐出的气也都化成白雾。

"我想你已经知道我们的公司之后迅速发展，生意方面一切都很顺利，我们靠信任结合在一起，彼此之间丝毫没有怀疑，只要努力向前进。百濑用技术实现九十九想到的点子，由十和子负责宣传，再由我推动业务，公司不断扩大，那是建立在信任基础上的完美合作。尤其我觉得自己和九十九之间有特别的信任，因为对九十九来说，我是'他第一个可以相信，也是第一个愿意相信他的人'，正因为这样，一旦我们失去彼此的信任，我们之间的关系也就结束了。"

"到底发生了什么事？"

"公司好像在玩翻倍游戏般不断壮大，在四年后的某一天，九十九紧急召集十和子、百濑和我开会，他告诉我们，有一家大型电信公司愿意用数亿的金额收购我们公司，同时告诉我们，他已经当场拒绝了。我们其他人完全没有异议，因为我们并不想出售自己的梦想，但是，那家电信公司并没有轻言放弃，他们采取了各个击破的策略，分别与我、十和子和百濑接触，提出了收购的方案。他们提出的金额从数亿增加到数十亿，最后加码到将近百亿。当对方提出一百亿的金额时，我记得自己真的开始动摇。高尔基曾经说：'没有用钱收买不到的人，问题在于金额。'我觉得内心深处涌现了难以抗拒的欲望，似乎在证明高尔基的这句话。他们提到了一旦公司被他们收购，我将会有一个充满希望的未来，可以开更大的公司，可以去南国过隐居生活，可以以名人身份对社会作贡献，这些都是由金钱打造的'充满希望的未来'。"

"听说你们的公司最后被收购了。"

"没错，因为我们背叛了他。"

"为什么？"

"当时，我已经体会到金钱能够带来的快乐，"千住闭上眼睛说，"住在摩天大楼的顶楼，开高级进口车，整天大啖美食，和美若天仙的女人交往。那家公司非常了解我的状况，告诉我别人可能比我先选择背叛，到时候，我能拿到的金额就会减半。他们不断威胁我，要求我在下一次董事会之前的一个月内做出决定。我苦恼不已，'招聘能够信任的人，我能够信任的人，和能够信任我的人'。九十九的话就像咒语般不断在我内心回响，九十九得知电信公司的人分别找上了我们，为此感到伤心，他烦恼不已，整天为此闷闷不乐。董事会召开前一个星期的某一天，他说他要去和电信公司谈一谈，就突然消失了。"

千住深深地叹了一口气。不知道是否因为叹息造成了空气流动，蜡烛的火光摇晃起来，一男觉得烛光的摇曳象征着千住的内心。

"即使打电话、发电子邮件给九十九，他都不回复。百濑、十和子也都陷入了混乱。这时，我第一次怀疑九十九，担心他会先放弃。我们之间的关系建立在'信任'的基础上，一旦开始怀疑，我们的关系也就结束了。在九十九失去消息的六天后，也就是董事会的前一天，我在收购公司的文件上签了名。百濑得知我抢先同意后，对我的背叛感到愤怒，也严厉责备我，但那天晚上，他也终于放弃抵抗，也在文件上签了名。十和子放弃了决议权，交给我们处理。在得到董事的同意后，收购这件事也就拍板定案了。"

蜡烛的火光继续摇晃着。千住注视着火光继续说道。

"我感到害怕，害怕失去即将到手的数十亿日元，更害怕遭到九十九的背叛。九十九一旦背叛我，把我和世界连结在一起的东西就会从脚下崩溃，这种恐惧蚕食了我们之间的信任。"

"但这也是情非得已啊，因为九十九下落不明，你难免会怀疑遭到了背叛。"

"也许吧，但他在试探我们。"

"试探？"

"没错。九十九什么都没变。"

"什么意思？"

"他希望能够相信我们，所以下了最后的赌注，然后暂时失踪了……"

"之后又回来了吗？"

"没错，九十九回来了，在董事会当天出现了，也就是我们已经签字的隔天早晨，但是，当时我们已经决定要卖掉公司。九十九在董事会议上得知这件事时，露出了悲伤的表情，然后在桌上留下一张纸后离开了。就是那张招聘启事。'招聘能够信任的人，我能够信任的人，和能够信任我的人。'百濑看了之后，忍不住呜咽，十和子也流下了眼泪，但我并不感到难过，一滴眼泪也没流。只是忍不住诅咒神，相信他人竟然这么难。当时，我知道自己背负了极大的罪孽，因为罪孽太深重，所以我的眼泪也被夺走了。"

千住说完后，再度深深地叹着气。

就在这时，一个身穿和服的男人出现在舞台旁，悄悄地走上高台。这位年迈的落语家身体无比瘦削，脸颊也凹了下去，让人担心他是不是随时可能断气。他和服的紫色袖子飘动着，好像晾在晾衣竿上。烛光映照在他的脸上，一男仔细一看，发现他是曾经赫赫有名的落语家。落语家在坐垫上坐下后，没有说开场白，就直接开始说故事。

"以前，有一个又穷又没出息的男人，他不好好工作，却花钱如流水，所以被老婆赶出家门……"

一男立刻想到，那是《死神》的故事。九十九很喜欢这个故事，所以经常表演。这个故事让人完全笑不出来，但和《芝滨》一起演，就变得很有趣。九十九曾经说，两个都是关于钱的故事，这就是人性。

被老婆赶出家门的穷男人打算一死了之，死神出现在他面前。"与其去死，不如让我教你赚钱的方法。"于是，男人得到了看见死神的能力。男人当了医生，四处诊治病人。当看到死神出现在病人床头时，就告诉病人还有多久可以活；如果死神出现在床尾，他就用咒语赶走死神。当他说中病人还有多久可活时，家属都感到惊讶；当他治好病人的疾病，别人就对他感激叩拜。他转眼之间就变成了有钱人。

落语家琅琅说着故事，千住平静地开了口，似乎把落语家的表演当作背景音乐。

"我们为什么为了区区百亿日元，卖掉了我们的梦想？我至今仍然希望回到从前，那时，我们周围有很多人追求股票上市，或是让大企业并购公司，自己发大财。他们起初也有真正想要做的事，有自己的梦想，所以才成立公司，但久而久之，高价出售公司和梦想变成了他们的目的。九十九知道这件事毫无意义，他知道梦想和信任一旦出售，就再也无法买回来。我们应该也充分了解这件事，但最后还是为了钱，出卖了自己的梦想。我出卖了灵魂，背负了深重的罪孽。即使九十九直到最后一刻，都始终相信我们。所以，我至今仍然希望回到当时，一切重新开始，但这当然是不可能的。失去的信任无法再找回来，时间也无法倒转，失去的钱却可以再赚回来。"

一男突然想起那部电影的结局，那个摩洛哥老人说的话。

人生在世，往往并没有发现自己最多只能再看二十次满月这个事实。

"千住先生，你现在为什么会做那种像宗教的事？那不是在向陷入困境的人榨取金钱吗？"一男忍不住用责备的语气问道。

"你说得对。也许你觉得我自相矛盾，但我目前所做的一切，是在对九十九赎罪，就好像为了三十枚银币就出卖耶稣的犹大一样，我决定守住背叛九十九而得到的那些钱。我拒绝支付税金，成立了好几家空壳公司，在被称为避税天堂的加勒比群岛也设立了公司，不断游走在法律的边缘。最后，我终于成立了宗教团体，就是'亿万富翁新世界'。"

昏暗中，落语家在烛光下继续说着《死神》的故事。

那个男人变成有钱人后，把妻儿赶出家门，在美女的环绕下为所欲为地过日子，但很快就把钱用光了。这时，有一个富翁请他去看病。男人前去一看，发现死神在病人的床头，男人告诉病人，他已经到了寿限，病人拿出很多钱，拜托他说："请你务必想想办法。"被金钱迷惑的男人把床掉了头，硬是把死神赶走了。病人很快就恢复了健康，男人得到了很多钱。他难得想去喝杯酒，心情大好地走在路上，死神叫住了他。

观众席上只有一男和千住两个人，他们一脸严肃地听故事。落语在寂静中继续说了下去。

"钱和神很像，"千住说，"两者都没有实体，都建立在人的信任和信仰的基础上，所以无论是钱还是神都一样，钱只是把人类的欲望偶像化。"

一男想起白天的会场，墙上挂着本杰明·富兰克林和福泽谕吉的肖像，几乎等值的纸币被撕成两半，排列在画框内。

"我为了逃税而成立了这个伪宗教团体，但在假扮教主之后，信徒渐渐增加，我觉得是我的罪孽吸引了他们。"

吸引他们的是千住的罪孽，同时也是金钱。金钱有时候会赋予一个人才华。

"原本只是为了逃税而成立伪宗教团体，但渐渐爱上了宗教的乐趣。对信徒说话时，我可以有活着的感觉。"

《死神》进入了高潮。

死神带着身怀巨款的男人来到洞窟，洞窟内有无数蜡烛。蜡烛有长有短，烛光微微摇曳。"这就是人的寿命。"死神说。只剩下一半长度的是男人妻子的蜡烛，很长的那一支是他儿子的蜡烛。旁边有一支很短的蜡烛，而且那支蜡烛快熄灭了。男人一问，死神告诉他："这就是你的寿命。"因为他被金钱迷惑，所以和将死的病人交换了寿命。

男人着急起来，向死神乞命："请你帮帮我，付多少钱都没关系。"

"已经交换的东西就无法再换回来，你快死了，"死神冷冷地对他说，"但这里有一些烧剩的蜡烛，你可以试着连接起来。顺利的话，或许可以多活几天。"

男人拼命把烧剩的短蜡烛连在一起，试图延续自己的生命，但他的双手颤抖不已。

"你为什么一直发抖？你一抖，火就会熄灭。火熄灭了，你也就死了。"

死神笑了起来。

男人拿着蜡烛，摇摇晃晃地走着，火光无力地摇动着。

"那就是我，"千住目不转睛地看着落语家说，"那个小小宗教的信徒就像是烧剩的蜡烛，我用这种方式，靠着把那些残存的蜡烛连在一起而得以生存。我信奉的也许不是神，而是死神。当时，我把灵魂出卖给金钱，还出卖了更重要的信任，所以，我受到金钱的诅咒，在那之后，我几乎不再用钱。我卖了房子和车子，租了简陋的房子一个人住。钱越存越多，和九十九分开之后，我的资产已经累积了十几倍。我不知道该怎么用钱，对这样的我来说，守住钱这件事根本没有意义，但我无法摆脱钱。这或许就是我背负的罪孽。我应该永远都无法找到金钱和幸福的答案，我会花一辈子的时间，寻找这个答案，所以我会持续经营这个小型宗教，靠别人烧剩的蜡烛延续生命。"

"千住先生，你是不是知道九十九的下落？是不是也知道他为什么消失？最后，请你告诉我这件事。"

"九十九应该还是你认识的样子，他并没有逃走，他一直在你身边。"

"千住先生，请你不要捉弄我！九十九在哪里？你是不是知道？"

"你要相信，你已经接近了你正在寻找的答案，接近了九十九和三亿日元的下落，以及金钱和幸福的答案，你很快就会找到答案，但是在此之前，你必须持续相信九十九。"

千住说完的同时，落语也结束了。

"快啊快啊，赶快接起来，否则火就会熄灭啊，火一旦熄灭，你就死了。啊……火熄灭了。"

落语家身体前倾，趴在地上一动也不动。

万佐子的欲

一男在图书馆认识了万佐子。

每周三傍晚，她都会来图书馆。非假日的图书馆没什么人，她每次都花一个小时左右巡视一楼到二楼的书架（每次的顺序也都相同），挑选一本书，拿到柜台给一男办理借书手续。

马戏团写真集、太极拳教程、小提琴家的传记、保加利亚语辞典、不动产经营指南、克林姆特画册。

一男对她毫无关联的借阅记录产生了好奇，好几次都忍不住思考，她到底根据什么标准挑书，却迟迟无法找到答案。

万佐子每次只借一本书，既不会多借，也不会少借。她一个星期看一本，看完之后来还书，然后再借新的书。

她总是穿着材质很好、剪裁也很漂亮的连衣裙，只穿黑、灰、白三种颜色。她总是身处黑白的颜色中，只到一男肩膀高度的她的脸蛋是小巧美丽的鹅蛋形，一头短发下，是宛如富有透明感的大理石般白皙的脖颈。一男觉得她身披金黄色的夕阳，像小猫般轻盈地走在书架之间的身影很美。

她在借了十次看起来像是随意选择的书之后的某一天，把一本又大又厚的书放在柜台。那本书名叫《塔吉锅食谱》。一男忍不住"啊！"地叫了一声。

"怎么了？"

万佐子问，她的声音像小猫一样轻柔。

"不好意思，因为我也有这本书。"

听到万佐子的问话，一男手足无措地回答。

"啊？你用塔吉锅煮菜吗？"

"不，不是的，很久之前，我曾经去摩洛哥旅行。"

"所以就爱上了塔吉锅吗？"

"呃，不是这样。出发之前，说到摩洛哥，就想到塔吉锅……所以就莫名其妙买了这本书。"

"你去摩洛哥并不是为了用塔吉锅做菜吧？"万佐子笑着说，她的笑容很调皮。

"当然不是，"一男在办理借书手续的同时，一脸认真地回答，"因为我第一次去沙漠国家，所以可能有点紧张，内心感到很不安，所以看到关于摩洛哥的书，就全都买回家了。"

"其中一本就是这本《塔吉锅食谱》。"

"是啊，说起来很蠢。"

"不会啊，听起来很棒。"

万佐子说完，把书抱在胸前笑了起来。在她娇小的身体衬托下，那本书看起来特别大。

"呃……我可以请教你一个问题吗?"

一男注视着她的脸问道。因为图书馆内没什么人，所以他们聊天也不会影响别人。

"好啊，请说。"

"你每次都借一些很特殊的书，我一直感到很好奇。因为好像毫无目的，是随便选的，所以我一直很想请教一下，你每次是按照什么标准挑选借的书?"

万佐子露出有点惊讶的表情，随即轻轻叹口气，看着一男。她脸上的表情好像是玩躲猫猫的小孩子被人发现后，只好很不情愿地走出来。虽然有点不甘心，却又有点高兴。

"你已经说出了正确答案。"

"什么意思?"

"我就是随便选的。"

一男无法立刻理解她这句话的意思，因为在此之前和在那之后，他只见过一个这么随便借书的人。

"因为完全没有我想看的书，"万佐子好像在分享秘密的少女般小声说道，"我没有喜欢的东西，没有真心想要的东西。"

"这样的人应该很少。"

"我在百货公司上班，大家都来百货公司买各式各样的东西，有人烦恼了一整天，终于挑选了一件商品，也有人只进来五分钟，就把货架从头扫到尾，但是，他们都有共同点。"

"共同点？"

"他们在付了钱、拿到纸袋的瞬间，都会露出幸福的表情。他们或多或少都有喜欢的东西和想要的东西。我认为这样很棒，我也想找到自己喜欢的和想要的东西。"

深橘色的夕阳从二楼的窗户照了进来，在夕阳映照下的灰尘好像金粉般飞舞闪烁，万佐子看着飞舞的灰尘，平静地继续说道。

"所以，每次来图书馆，我会花时间慢慢看完所有的书架，然后回到当天感觉最舒服的书架前，闭上眼睛随便拿一本书，再花一个星期把那本书看完。"

"你现在找到了喜欢的东西和想要的东西了吗？"一男问。

"没有，目前还没有找到，也没有想要再看的书，或是想要拥有的书。百货公司里有无数商品，也有无数欲望，两者之间联系着金钱，但我仍然只是看着这些东西来来去去而已。"万佐子轻轻摇着头。

"那……让我为你代劳，我来为你寻找你喜欢和想要的东西，"一男笑着说，"每个星期三，我会选好一本书等你出现。"

之后每周三，一男都会选出一本书，借给万佐子。

其中有《梦的解析》《如何种覆盆子》《印度的建筑》《地平线写真集》《圣诞老人的考试》《外星人图鉴》《已弃用市町村名辞典》等。

每天下班后，一男就在书架前走来走去找书。

他在选书时真心希望万佐子能够喜欢上什么和想要些什么。

他们借由各种不同的书进行交流，差不多半年后，万佐子突然对一男说："你不用再为我挑书了。"事出突然，简直就像毫无预警的骤雨。

这句话伤害了一男。因为他在不知不觉中爱上了万佐子。

"想到以后不用再为你挑书，我很难过，"一男低着头向她坦承内心很难过，"在思考要为你挑选什么书的时候，那是我最幸福的一刻。"

"谢谢你。"

"所以，想到以后无法再通过书籍进行交流，我很难过。"

"我也一样。"

"但是，你……"

"你不要误会，我每天只要想到不知你为我挑选了什么书时，就感到很幸福，"万佐子注视着一男的眼睛说道，"但是你不必为我担心，因为我终于发现了自己真心想要拥有什么。"

翌年，一男和万佐子结了婚。

他们租了一间虽然老旧，但整理得很干净的公寓开始新婚生活。他们在同一张床上醒来，坐在同一张桌子旁吃早餐，然后出门上班。回家之后，分享一天中发生的事，然后做爱、睡觉。他们不再借书、还书，但发自内心地渴求对方。

两年后，万佐子怀孕了，医生告诉他们"是女儿"。

超声波照中的胎儿缩成一团，仿佛抱着什么重要的东西。一男和万佐子为这个圆形的胎儿取名为"圆华"。

不久之后，圆华出生了，然后她学会了站立、走路。和大部分幼儿一样，看到什么，她就想要什么：父母碗里的菜、店里的玩具、路上的小狗，还有同学的衣服。

万佐子每次都问她："你真的想要吗？"圆华总是想了一下后回答说："那我不要了。"不再坚持要那些东西。

圆华第一次坚持，是在她三岁时，提出想要学芭蕾。周围的小孩都在学街舞和游泳，她去参观了芭蕾教室后，深深爱上了芭蕾。那天之后，她只要一有空，就在家里踮着脚走路，或是不停地转圈。

但是，一男反对她学习这项才艺。因为每个月要支付三万日元学费，再加上每次汇报演出，还要花费数万日元。他认为学这项才艺不符合他们家庭的经济状况，万佐子也表示同意，于是全家人都不再提学芭蕾的事。

一个月后，万佐子突然说："我想让圆华去学芭蕾。"

万佐子很少改变已经决定的事，一男从她说话的语气中感受到强烈的意志，惊讶之余，还是问了她理由。

"那次之后，我每天都问圆华，是不是真的想学芭蕾，非要学芭蕾不可？"

"圆华说什么？"

"她始终没有改变，每天都说想学芭蕾。她是个会思考的孩子，以前只要她觉得我们有道理，也都同意放弃。"

"但这次每天都说想学。"

"对，芭蕾是圆华出生以来，第一次发自内心想要的东西，我想要满足她的愿望。"

为了让圆华去学芭蕾，万佐子又回百货公司去上班。每天早晨，一男送圆华去幼儿园，万佐子在傍晚接她回家。万佐子负责下厨和洗衣服，一男负责打扫、洗碗和倒垃圾。圆华每周六去上芭蕾课，每年都会在很大的礼堂做一次汇报演出。一男和万佐子并排坐在观众席上，握着对方的手，看着圆华在舞台上跳舞。圆华实在算不上是优秀的芭蕾舞者，但看着她每年渐渐成长，一男感受到自己的家庭也在成长，为此感到幸福。

三年后，一男得知了弟弟欠债失踪的事。

一男想要赶快清偿债务，恢复正常的生活、正常的家庭。他们搬去房租比较便宜的公寓，压低伙食费和水电费，他开始晚上去面包工厂上班，但也已经无力再每个月支付数万日元的芭蕾舞学费了。

一男烦恼很久之后，对万佐子说："不要再学芭蕾了。"但万佐子摇了摇头断然拒绝说："我不会要求她放弃芭蕾，我可以多找一份工作。而且我相信你应该知道，她的人生需要芭蕾。"

一男无法理解万佐子的话，眼下连吃饭都有问题，他不认为圆华的人生需要芭蕾。

他们为此发生了口角。还债生活已经超过半年，双方内心都有不满。虽然他们之前避谈有关金钱的问题，小心翼翼地不去碰触，但为了圆华学芭蕾的事，压抑许久的情绪一下子爆发了。

为什么拒绝父母的援助？为什么一个人扛下为弟弟还债的责任？把家事和育儿都推给我，自己没日没夜地工作，你对几乎无法见到圆华的日子没有什么感觉吗？万佐子严厉责备一男。

身为哥哥，当然要扛起弟弟的债务，这是我家的问题。现在尽可能多工作，赶快还清债务，我只是希望赶快恢复正常的家庭生活。一男一再为自己辩护。

他们持续沟通了好几个星期，但两个人的争论没有达成共识，万佐子终于在车站附近租了一间小公寓，带着圆华离家出走了。一男也搬离了一个人住有点大的房子，住进了面包工厂的宿舍。

万佐子决定搬离的那一天，圆华哭泣不已。她无法理解为什么一家人要分开生活。遇到悲伤的事时，大人能够为悲伤找到理由，让自己走出悲伤，但年幼的圆华只能感到"难过"，所以也只能哭泣。

离别的日子。

六岁的圆华被万佐子牵着手，离开了家。

离开时，圆华回头看着一男。她泪流满面，一次又一次回头，拼命向一男挥手。一男也拼命忍着泪水，用力向她挥手。多保重。我一定会去接你们，全家人再一起生活。

那天之后，一男再也没有见过圆华流泪。

一男来到约定地点的车站，等在验票口，背着红色背包的圆华从楼梯上冲了下来。

圆华比约定的时间迟到了五分钟。可能她很着急，淡粉红色连衣裙的下摆剧烈飘动。她冲下楼梯的双脚还是小孩子的脚，一男很想对她说，不必在意迟到，慢慢走下来就好。

距离上次见到圆华有一个半月了。从那次决定命运的抽奖至今，已经过了一个半月。

那天三亿日元当前，一男趁着酒兴，在九十九家里打电话给万佐子。之后并没有接到她的电话，她一定觉得那天的电话是一男喝醉酒之后的妄想。

九十九带着三亿日元消失，三十天来，一男持续寻找他的下落，展开了一场围绕金钱的冒险。这三十天宛如一场噩梦。他亲眼见到了十和子、百濑、千住和亿万富翁之后的人生，这些和九十九一起发了大财的人，努力用自己的方式，寻找金钱和幸福的答案，但那并不是一男的正确答案。如果找不到九十九，就无法找回三亿日元，也找不到金钱和幸福的答案。虽然一男找到了千住，却还是无法得知九十九的下落。

"九十九一直在你身旁。"

千住只说了这句话，但并没有透露其他的线索。一男觉得走投无路。不知道万佐子是否感应到一男内心的绝望，在他和千住见面的翌日，他接到了她的电话。

"你和圆华见个面吧，她想见你。"万佐子在电话中说。

圆华每次都突然想要见一男，然后万佐子就会打电话联络他。但是，和圆华见面时，完全不觉得她很想见自己。也许万佐子的"圆华想见你"只是她对一男的体贴。

　　一男和圆华走进车站前一家小型KTV。

　　两个小时五百日元，饮料无限畅饮。圆华是小学生优惠价，只要半价两百五十日元。一男付了两个人的费用，一共七百五十日元，走进了狭小的电梯。

　　这并不是知名连锁店，而是一家个人经营的小店，虽然是白天，但包厢几乎都满了。狭小的走廊上，从隔着包厢门上的小窗户，看到情侣依偎在一起唱歌，也有一群白发老人拍着手唱歌，几个女高中生在沙发上又跳又唱，一男觉得自己像监狱的看守，或是动物园的饲养员。

　　走在前面的圆华脚步轻盈地沿着狭窄的走廊往前走，她的红色背包快乐地摇晃着。

　　在车站见面后，一男问她："你想去哪里？"圆华毫不犹豫地回答："KTV。下次我要和朋友一起去，所以要先偷偷练一下。"说完，她露出了笑容。一男好久没有看到她孩子气的笑容了。

以前住在一起的时候，一家人经常去 KTV。每次都是圆华提议，万佐子表示赞成，一男很不情愿地同行（一男歌唱得不太好）。向来沉默寡言的圆华一拿起麦克风，话就变得很多。

全家人最后一次去 KTV 是三年前的圣诞节。

在意大利休闲餐厅吃完饭，万佐子说想去 KTV。万佐子难得喝了红酒，可能有点醉意，所以心情特别好。她挽着一男和圆华的手，大步走进 KTV，接连点了好几首歌唱了起来。一男和圆华有点惊讶，但还是拍手笑着，不时拿起麦克风一起唱。虽然只是去 KTV 唱歌而已，全家人脸上始终带着笑容。一家三口挤在狭小的沙发上，一起唱了一首又一首。一男忍不住想，当时我们真的很幸福，但大部分幸福总是在失去之后才发现。

"你好，请给我一杯可尔必思，"圆华一走进包厢，立刻拿起对讲机点了饮料，"还有……爸爸，你要喝什么饮料？"

"呃……乌龙茶。"

"再一杯乌龙茶。"

圆华点完饮料，立刻拿起电子目录，用触控笔接连点了好几首歌。

"你好像熟门熟路嘛。"

"嗯，我偶尔会和同学，还有她们的妈妈一起来唱歌，但妈妈不知道。"

圆华拿着麦克风回答，声音产生了回音，变成了三倍的音量弹了回来。她的声音听起来比平时开朗。

扩音器内传出廉价的电子管弦乐旋律，前奏又长又夸张，那是最近电台经常播放的民谣。"爱你爱到心痛，想要见你一面。"这首情歌唱的是这样的内容。

"圆华，你唱这种歌吗？"

一男忍不住问。

"为什么不能唱？"

"因为这是失恋的歌啊。"

"爸爸，你在说什么啊，我当然也有喜欢的男生啊。"

"是怎样的男生？"

"踢足球的，跑得很快。"

"光凭这两点，很难判断是不是好男人，"一男的声音几乎被大音量的弦乐前奏淹没，他提高了音量，"男人必须温柔体贴！"

"即使温柔体贴，跑不快也不行，"圆华微笑地说，

"爸爸，你的运动能力不是很差吗？整天都在看书，对我们这种年纪的女生来说，再怎么温柔体贴，再怎么聪明都没用，一定要跑得快才行。"

"爸爸以前也跑得很快啊，还是接力赛的选手呢。"

"没关系啦，不必在我面前逞强。"

夸张的前奏结束，圆华唱了起来。她的声音细柔得像小猫，很像万佐子。一男惊讶地注视着圆华。

圆华的目光追随着屏幕上的歌词高歌着，三年前，她连音都抓不准，如今却高唱着情歌。

圆华接连唱着偶像歌手的歌、韩国流行歌和动画主题曲，时而闭上眼睛深情高歌，时而站在沙发上又唱又跳。"爸爸，你也点歌来唱嘛！"被圆华数落后，一男点了一首在大学时代听过的民谣，还有创下百万销量的摇滚乐团的歌曲。一男唱歌时，圆华又拿起电子目录点歌。父女两人持续唱着没有交集的歌，两个小时很快就过去了，包厢内的对讲机响了。

您好，还有十分钟就结束了，请问要延长吗？要延长吗？不要！啊，不要延长。和服务生交涉完毕后，一男向圆华提议："我们来合唱一首歌。"父女两人花了五分钟看着电子目录，很自然地决定了要唱的歌。

歌曲随着轻快的前奏开始了。

> Raindrops on roses and whiskers on kittens
>
> （滴落在玫瑰上的雨滴，小猫的胡须）
>
> Bright copper kettles and warm woolen mittens
>
> （亮晶晶的铜水壶，暖呼呼的毛手套）
>
> Brown paper packages tied up with strings
>
> （用绳子绑起的茶色包裹）
>
> These are a few of my favorite things
>
> （这些是我心爱的东西）

《我心爱的东西》（My Favorite Things）。

那是万佐子喜欢的歌，因为成为铁路公司的广告歌曲而一举成名的这首歌，是电影《音乐之声》中的插曲。

小孩子因为害怕打雷，来找担任家庭教师的修女玛丽亚。玛丽亚唱了这首歌曲。这些是我心爱的东西，只要想起这些东西，就不会难过，也不会忧伤了。

三年前，圣诞节的夜晚。

万佐子很开心、很幸福地唱了这首歌。

一男突然想起万佐子在图书馆找书的样子，那个在图书馆走来走去、寻找"心爱东西"的万佐子。

如今，我有心爱的东西吗？

如今，万佐子心爱的东西是什么？

　　　身穿白色连衣裙，系上蓝色缎带的女孩

　　　停在我鼻尖和睫毛上的雪花

　　　银白的寒冬融化在春色中

　　　这些是我心爱的东西

　　　当我被狗咬，被蜜蜂蛰

　　　当我感到忧伤时

　　　只要想起心爱的东西

　　　我就不再难过

看着圆华唱歌的样子，一男想起了万佐子那时候的身影。

一男决定下次要问问圆华，她心爱的东西是什么。

走出 KTV 时，街道已经染上了一片橙色。橙色是离别的颜色。一男送圆华去车站，黑色的影子拉得很长，在他们的前方移动。

"爸爸,你看起来很疲倦。"圆华说。

"是吗?嗯,因为我都没怎么睡觉。"一男回答。

"发生什么事了吗?"

"爸爸的朋友……"一男没有看圆华的眼睛,继续说了下去,"他的钱被他的好朋友偷走了,是很大一笔钱,所以爸爸正在陪他找那个人。"

"噢,好像很辛苦。"

"但爸爸的朋友也有错,对方虽然是他的好朋友,但听说已经有十五年没见面了,他竟然把自己的钱交给这种人。"

"真奇怪,十五年没见面,还可以称为好朋友。"

"你说得对,可能已经称不上是好朋友了,爸爸的朋友一定是被骗了,但他还不愿意放弃,是不是很莫名其妙?"

一男苦笑着,圆华停下脚步,看着一男说。

"不会莫名其妙啊,"她静静地注视着一男的眼睛,"不管是爸爸的朋友,还是那个逃走的好朋友,应该都不是坏人。"

"你为什么这么觉得?"

"因为他仍然说那个人是他的'好朋友',不是吗?即使钱被偷走之后,不是还相信那个人吗?所以我觉得他们都不是坏人……只是这样觉得。"

到车站时,天色已经完全暗了。

一男和圆华在站台上等电车,然后他目送圆华离开。这是他们之间固定的仪式。

不知道是否发生了意外,电车误点了,站台上挤着很多人。日落之后,气温降低了好几度,吐出的气息也变成了白雾,被日光灯的灯光吸了进去。

为什么冬天的车站感觉这么冷?是因为白色日光灯的关系?还是灰色水泥地的影响?抑或是因为车站是离别的地方?

"圆华,对不起,今天没花什么钱。"

"唱 KTV 很开心啊,今天的约会很不错。"

"有没有叫妈妈买自行车给你?"

"没有,因为你说要买给我。"

"对不起,爸爸……"

"不是现在,等爸爸有钱的时候再买给我,而且,有没有钱和我没有太大的关系。"

圆华从一男身上移开了视线，看着前方说。

"对不起。"

一男觉得自己快被悲惨的感觉压垮了，话也说不下去。

广播中传来通知，电车比原定时间晚五分钟从上一个车站出发了。

"但是……"圆华仍然看着前方说，"等你还了债，就可以回来，对吗？爸爸、妈妈和我又可以一起生活了，对吗？所以爸爸现在才这么努力，对吗？所以，去 KTV就很足够了，也不需要自行车。"

圆华用有点高亢的声音一口气说完后，低头轻轻握住了一男的手。她的小手变得冰冷。一男温柔地握住她的手。

"是啊……我们会再一起生活，我也会买自行车给你。爸爸会努力的。"

"啊，对了，我差点忘了！"圆华突然大声叫了起来，似乎要掩饰害羞，"妈妈要我问你，下星期天的芭蕾汇报演出，你要不要一起去？"

"啊？我可以去吗？"

"嗯，好像可以。爸爸，你好久没去参加我的汇报演出了。"

"嗯。"

"开心吗？"

"开心啊。"

拥挤的电车驶进了站台，娇小的圆华从人群的缝隙钻进了电车。门关了，载满乘客的电车缓缓驶离。圆华贴在车窗上，在狭小的空间内挥着手离去。一男忍不住露出笑容，用力挥着手。

相隔三年的芭蕾汇报演出的会场似乎比以前更大了。

一对又一对亲子走进会场，在这个喜庆的日子，到处都是笑脸。大厅播放着雄壮的古典音乐，桌上堆满了花束。

一男走进会场时，被久违的气氛震慑了。会场虽然老旧，但很温暖。红色的观众席、木造的舞台、水蓝色的巨大幕帘。

八百个座位从前排开始慢慢坐满了人，以盛装的夫妻为主，还有学长、学姐，以及看起来像是祖父母的老夫妇。欢笑声在会场内此起彼伏。

一男巡视会场，寻找万佐子的身影。这时收到了万佐子的短信，"面对舞台，左侧最后方"，转头一看，万佐子坐在最后排的角落。

一男快步走上阶梯，在万佐子身旁坐下。

万佐子把留长的黑发挽了起来，露出像白色大理石般的脖颈。她的衣着并不花哨，但质感很好。合身的黑色套装内是一件灰色圆领针织衫，搭配高雅的珍珠项链和珍珠耳环。认识她超过十年，但她仍然让自己身处黑白颜色之中。

周围的座位几乎没有人，即使坐在最后一排，也能够清楚地看到整个舞台。座位的选择很有万佐子的特色，当大家都集中在前方座位时，万佐子总是挑选最后方的座位；大家急匆匆时，她反而慢条斯理；众人烦躁时，她格外冷静。她并不是故意和别人唱反调，而是她知道这是"正解"，很自然地做出了这样的选择。

"圆华会紧张吗？"一男坐下时，呼吸还有点喘。

"嗯，很紧张，不管练几年都一样。"万佐子静静地露出微笑。

我们就像来欣赏女儿表演的普通夫妻。夫妻之间对话的感觉就像是早晨一起起床，吃完早餐，一起搭电车来这里。我们的关系目前还没有问题。一男这么告诉自己。

"三年没来了。"

"是啊。"

"谢谢你邀我来，我很高兴。"

"因为我希望你看看今天的圆华。"

会场内的灯光暗了下来，响起了阵阵掌声。幕布拉开，柴可夫斯基的《胡桃夹子》的音乐响起。八名少女从舞台旁出现，在舞台上跳了起来。三四岁的少女跳起来不像"胡桃夹子"，反而像是上了发条的娃娃。嗒嗒嗒嗒。无论是旋转还是跳跃，动作都很生硬。

"真可爱，圆华以前也是这样。"

"她学芭蕾已经六年了。"

"是吗？已经那么久了吗？"

"是不是坚持了很久？这是她第一次主动说要学才艺。"

"是啊。"

"你却反对。"

"因为学费太贵了，而且我原本以为她很快就会放弃。"

"你猜错了。"

　　音乐渐渐进入高潮，舞台上的小芭蕾舞者开始旋转。这时，最后一排的那个娇小少女突然跌倒了。不知道是否扭到了脚，还是因为吓坏了而动弹不得，被人背着离开了舞台。一男不由得想起了圆华。

　　圆华在和那个少女相同年纪时，也曾经在舞台上跌倒。圆华跌倒后，蹲在舞台上不动了。音乐继续响了好一会儿，幕布才落下。表演结束后，一男和万佐子急忙赶去后台，圆华在后台哭得很伤心。爸爸、妈妈，对不起，我没有跳好。说完，又继续哭了起来。一男为圆华擦拭眼泪，万佐子紧紧抱着她。

　　"有一种怀念的感觉……"一男说。

　　"是啊。"万佐子回答。

　　"上次很对不起。"

　　"你是说电话的事？"

　　"对啊……那天我喝醉了，"一男苦笑着继续说道，"但那天对你说的话是真的，我很快就会有一大笔钱进来，可以偿还债务，我们也可以重新生活在一起。"

　　"是吗？"

　　"是啊。钱可以解决所有的问题，"一男好像在对自己的信心喊话，"之前，我一直对钱感到害怕，所以一直在逃避。即使负债累累之后，也一直告诉自己，有金钱买不到的东西，有比金钱更重要的东西，但现在我终于知道，只要有钱和掌控金钱的能力，所有的问题都可以解决。"

一男说道。他决定无论如何都要找到九十九，找回三亿日元，到时候一定能找到金钱和幸福的答案。他向万佐子宣布后，觉得越来越有真实感。

剩下的七名少女继续在舞台上跳舞。

万佐子茫然地看着那些少女，小声地说："我们真的能够因此得到幸福吗？"

"一定可以。你也许会担心，一旦有一大笔钱，人生会偏离正道。其实你不必担心，我一直在寻找金钱和幸福的答案，我听了许多有钱人的故事。"

"所以……你得到那些钱之后，有什么打算呢？"

"先清偿债务，还要买房子，之前让你们吃了不少苦，所以你们想要什么，通通买给你们，也可以买车子，可以去旅行，吃任何喜欢的食物，但要小心不要让金钱破坏我们的幸福。"

这时，万佐子看向一男，她的眼神很锐利。

"果然……你果然变了，"万佐子冷冷地对一男说，

"对你来说，那笔债务实在太沉重了，足以让你改变。你被金钱夺走了重要的东西。"

"什么重要的东西？"

"你真的想要房子和车子吗？你目前发自内心渴望的东西是什么？"

我发自内心渴望的东西。当我拥有巨款时，想要什么？

一男想起了千住的课程。

那些人写下无数张"欲望清单"。

环游世界。高楼大厦。高级进口车。避暑地的别墅。游轮。头等舱。黑卡。美女秘书。女佣。在城堡吃晚餐。整形不被人察觉。美钻。丝巾。红底高跟鞋。欲望在一男的脑袋里大排长龙。

"我目前什么都不想要，只想清偿债务，然后回到你们身旁，你们想要什么，就全都买给你们。"

"你已经说出了正确答案。"

"什么意思？"

"金钱夺走了你最重要的东西，就是欲望。"

"我听不懂你的意思。欲望会使人疯狂，我看了很多有钱人都因此栽了跟头。"

"欲望的确会使人疯狂，但同时我们也是靠欲望才能生存。"

"我还是听不懂你的意思。"

"比方说，"万佐子平静地继续说道，"比方说，你今天带了很多钱来这里。等芭蕾汇报演出结束，离开会场，我们还清了债务，把所有想要的东西都买回家，照理说，不再需要任何东西了，不是吗？但事实绝对不是如此。"

一男沉默不语，就像看不清战况，只能傻傻站在原地的士兵。

万佐子似乎并不在意一男的反应，淡然地继续说下去。

"因为人类的欲望是活下去的动力。想要吃美食、想要去某个地方、想要某样东西，我们因为这些欲望而活。以前，我借由看你在图书馆为我挑选的图书迎接明天、后天，靠想象下次想要看什么书而活下去。当时，我们对借书、还书的行为感受到幸福。我借了一本又一本书，来填满内心的书架。当书架填满时，我终于发现了自己真正渴望的东西，那就是你。"

《胡桃夹子》的音乐结束了，少女在舞台上深深鞠躬，会场内响起掌声。温柔的掌声宛如轻风细雨。

"只要重新找回那样的生活就好，我们一定可以破镜重圆，金钱也可以发挥这样的作用。"

"你可能太认真了。在欠债期间，无论白天和晚上都在想钱的事，所以钱占据了你的内心，夺走了你生存的欲望。我原本以为无论欠多少钱，即使你没日没夜地工作，我也可以忍受下去。我以为只要每年能够和你一起来看圆华的汇报演出，我们的家庭就可以继续维系下去，但是，你要求圆华别再学芭蕾了。也许在你眼中，这是一件小事，对我而言，它是一件决定性的大事。因为我确信你彻底变了，那时候，你想要丢弃我和圆华生存的欲望。"

幕布再度拉起，灯光照亮了舞台。

身穿水蓝色连体衣的圆华走上舞台。

圆华身后还有另外三名少女，四个人站在舞台中央，深深鞠了一躬。会场内响起了掌声。

"我为这件事道歉，但现在的我不一样了。现在的我……一定可以让你们幸福。"

一男从颤抖的身体中挤出声音。

"我无法再和你继续生活。"万佐子叹着气说，她的眼神很悲伤，眼中没有怜悯和轻蔑，表示自己只是在陈述事实。

"无论你得到多少钱，都无法恢复原来的样子了，我也一样。要重新找回失去的东西很难，就好像我们无法再觉得借书、还书是幸福一样。"

长时间的寂静后，双簧管的声音静静响起。《悼念公主的帕凡舞曲》是拉威尔想象小公主在西班牙宫廷跳舞的场景时所写下的乐曲。每次下雨的时候，万佐子就会听这首乐曲，然后小声嘀咕说："每次听这首乐曲，我就觉得真正幸福的事和真正悲伤的事很相似。"乐曲唤醒了早被遗忘的记忆。

"圆华……能够接受吗？"一男用颤抖的声音问，"我不认为她能够接受。"

"我昨天告诉她了，"万佐子看着正在跳舞的圆华说，泪水从她的眼中流了出来，"圆华哭了，问了我好几次，不能再像以前一样吗？但最后她终于接受了，叫我不必担心她。也许我的决定错了，也许为了圆华，我应该继续和你在一起，但这样的生活让我感到绝望。继续这样下去，我们将会一无所求，失去活下去的动力，最后也会失去爱情。圆华不应该和这样的我们在一起，我不想让她继续留在一个迟早会失落的环境中，所以，我决定把书放进新的书架，为了和圆华继续活下去。"

　　管弦乐演奏出《悼念公主的帕凡舞曲》悲伤而优美的旋律，好像这个世界的一切都受到悲伤和希望的祝福。圆华像小树枝般纤细的四肢尽情伸展，在舞台上跳着。她喘着气，心跳加速，但仍然继续跳着。

　　一男看着圆华的舞姿，不禁浮想联翩。

　　来到人间发出第一声哭泣的圆华。蹒跚学步的圆华。吃饭时要求再添一碗的圆华。躺在一男腿上睡觉的圆华。背着红色书包奔跑的圆华。甩着仙女棒的圆华。在运动会上奔跑的圆华。在 KTV 唱歌的圆华。

　　离别的日子，哭着频频回头挥手的圆华。

　　"我们又可以一起生活了，对吗？"在车站站台上问一男的圆华。

　　她发自内心地希望我们仍然是一家人，这就是她"心爱的东西"，然而，此刻她知道我和万佐子将分离，她知道了一切，独自在舞台上跳舞。

　　泪水模糊了视线。

　　以前的万佐子出现在模糊的视野中。她的脸上露出温柔而美丽的笑容，抚摸着隆起的肚子。那是圆华出生的一个月前。

我正在看书，万佐子一边打毛线，一边看着我。圆华在万佐子的肚子里。

那是我们一家人的起点。圆华出生了，万佐子的脸上露出幸福的笑容，我喜极而泣。谢谢，谢谢你来到我们家。

我们搬去远离市中心、周围有很多绿树的公寓，经常在有很多游乐设施的公园内玩耍，在河边散步。一家三口去书店，我买了文库本，万佐子买了杂志，圆华买了绘本。每人一本。回家的路上去快餐店吃饭，三人一起商量下个假日要去哪里玩，然后买几个泡芙当作甜点，还有隔天早餐的面包，最后去录影带店租一部老电影回家。回到家后泡个澡，看完电影，三个人躺成川字形睡觉。

那种日子一去不返了。无论是三亿日元、十亿日元，甚至是一百亿，都无法买回那样的时光。

是什么让我们感到幸福？

让我们活下去的动力是什么？

那是柔软的浴巾、随风飘动的窗帘、洗干净后晾在阳台上的衣服、摆放在一起的牙刷；是刚出炉的面包、香甜的苹果、刚泡好的咖啡；是一枝郁金香、家人满脸笑容的照片、动听悦耳的音乐。

也许金钱可以买到每一样东西，但只有和别人在一起时，才能感受到这每一样东西所带来的幸福。一个人难以成就这种幸福，必须和别人在一起，才能感受幸福的一刻。

圆华在舞台上跳着，继续跳着。

对全家人来说，这是最后一次汇报演出。圆华很清楚这件事，所以她在台上拼尽全力起舞。即使坐在远处，也可以看到圆华的腿在发抖，气喘吁吁。一男握紧双手，看着女儿勇敢的身影。

这时，圆华的脚不慎勾到跌倒了。会场内响起短促的惊叫声。

圆华一动也不动，仍然蹲在地上。

音乐残酷地继续着，如同那一天的翻版。一男似乎看到了三岁的圆华。加油！圆华，加油！他想要大声对圆华说，却无法发出声音。

"圆华！继续跳！"

这时，万佐子叫了起来。会场内的观众都回头看着她。

"圆华！加油！"

万佐子似乎没有看到全场的观众，她站了起来，哭着大喊。

不知道是否听到了万佐子的声音，蹲在地上的圆华站了起来。她摇摇晃晃地站起来，看着前方，挺起了胸膛，张开双手，然后带着坚定的表情跳了起来。

一男感到一阵难过。

加油！圆华！加油！一男在心里一次又一次叫喊。泪水夺眶而出。不行。这样不行，我也必须赶快鼓励她。加油！圆华！加油！我应该跑去圆华身旁，紧紧抱着她。但是，现在我连话都说不出来，身体也无法动弹。

一男回想起圆华那天的身影。

圆华在后台哭泣。爸爸，对不起。妈妈，对不起。真的对不起。

当时，万佐子在后台紧紧抱着圆华哭了起来。一男为圆华擦拭眼泪，也流下了泪水。那一天，我们确确实实是一家人。

我们很快就不再是一家人了。

但此时此刻，我们和那天一样流着泪。

亿男的未来

"以前有一个鱼店老板是个好逸恶劳的酒鬼,他老婆整天骂他,老公,你别再喝酒了,赶快去工作。你要出门做生意,我不想再过这种穷日子了。你赶快去鱼市场。我不想去。你赶快去啦。那你让我喝个痛快,我就去鱼市场。"

一身黑衣的九十九开始说落语。

一身白衣的一男坐在他旁边。那是位于沙丘上的高座。

清晨,他们坐在可以俯瞰摩洛哥无垠沙漠的沙丘顶上。两个人并肩坐在一起,看着淡紫色的美丽天空。

九十九一如往常,像在唱歌般琅琅地表演落语。清晨的沙漠中,没有任何声音,只有九十九的声音传入一男耳中,好像在听耳机。

"老公,都早上了,赶快起来,你不是说好要去鱼市场吗?干吗?吵死人了,我马上就去啦……菜刀呢?已经磨好了。草鞋呢?已经拿出来了。真是烦人,我去还不行吗?噢,好冷好冷。"

　　鱼店老板手艺很好，只是太爱喝酒，整天喝得酩酊大醉，却不出门工作，所以家里很穷。他老婆终于忍无可忍，一大早就把他叫了起来，他只好很不情愿地出门去芝滨的鱼市场进货。但可能时间太早了，市场还没有开。无奈之下，他只好在海边打发时间，看到脚边的海里有一个钱包。他捡起来一看，里面有一大笔钱。鱼店老板乐坏了，立刻回到家里，找来朋友喝酒、唱歌，最后又烂醉如泥地睡着了。

　　"老公，快起床。干吗？什么干吗，你要睡到什么时候？你吃吃喝喝的钱要怎么付？这点小钱，只要用我捡到的钱去付就好了嘛。你捡到的钱？你在说什么梦话，你不是一直在家里睡觉吗？怎么可能？我记得我……啊……果然是这么回事。怎么回事？因为你梦见自己捡到了钱，所以一起床就喝酒唱歌。我做了梦？对啊，你这个人真是太没出息了，竟然穷到连做梦也梦到自己捡到钱。"

　　天空从淡紫色变成了深蓝色。

　　鲜艳的蓝色宛如南国的大海。

　　"我竟然会梦见捡到钱，真是太没出息了。全都是喝酒误事，从今以后，我不再喝酒，要努力工作，"鱼店老板决定洗心革面，从此滴酒不沾，"钱不可能从天上掉下来，要自己出门去赚。我彻底清醒了。"于是，他开始疯狂工作赚钱。

天色渐渐亮了起来。太阳似乎就躲在茫茫沙海的地平线下方。九十九像唱歌般演完落语，在说完结局后，在沙丘顶的高处缓缓鞠躬。

一男笑着用力鼓掌。

因为发高烧而昏倒的一男在陶器店老板的沙漠豪宅里醒了过来。随后九十九上门找到了他，如今又过了几个小时。

九十九浑身是沙，冲了澡之后，陶器店老板给了他一件黑色衣服和头巾。又搬了一张新的床到一男睡的房间，入夜之后，一男和九十九都上床睡觉。

但是，两个人都睡不着。不知道是因为太激动，还是窗外满月的月光太明亮。应该是两者皆有之。他们谁都没有说话，默默地注视着马赛克图案的天花板。

天色渐渐明亮，九十九翻了好几次身，突然跳了起来。他穿上拖鞋走出房间，一男也急忙追了出去。

沙丘在满月的月光照射下闪着银色，九十九走上坡度很陡、绵延数百米的沙丘斜坡，双脚不时被沙子淹没。

一男跟在他身后也爬上沙丘。柔软的沙子好像一只手，不断地缠住脚踝，无法顺利向前走。漫长的夜晚夺走了沙漠的热量，沙子都变冷了。

他们持续攀登斜坡，心跳快得惊人，口干舌燥，茫茫沙海夺走了远近的感觉，无论攀登了多久，都似乎无法接近沙丘顶端。他们连续走了十五分钟，当视野开始模糊时，两人终于抵达了沙丘顶端。他们上气不接下气地并排在沙丘上坐了十五分钟，呼吸才终于平缓下来。当呼吸恢复正常后，九十九突然开始表演落语。

"九十九，你的落语果然是最棒的，"一男说，"在教室听你表演时也很棒，但在沙漠听，更有不同的感觉。"

"谢……谢谢你，我……我说了之后，也觉得舒坦多了。"

九十九又恢复了往常的结巴，小声地说。

"这是世界首场沙漠落语会。"

一男笑着说，九十九也跟着笑了起来，两个人的笑声在四周回响，似乎可以传到地平线。

"你来找我，我真的很高兴。"一男看着地平线说。

"那……那时候，我四处找了半天也没有找到医生，只能不知所措地回到陶器店，结果发现你不见了。我……我着急死了，拼命寻找你的下落，幸好最后找到了你。"九十九像平时一样低着头说话。

"你是怎么找到这里的？照理说，根本没有任何线索可以让你找到这里啊。"一男问。

九十九沉默片刻。沙漠仍然笼罩在一片寂静之中，只要他们不说话，就是一个无声的世界。

"我……我花了一百万日元，"九十九平静地回答，"用了一……一百张一百美元的钞票。我沿途当散财童子，于是有人带我去找知道线索的人，那人告诉我陶器店老板的家在哪里，还有人开车送我到半路。"

"你为什么会有这么多钱？"

"我……我现在有一亿日元存款。"

"一亿日元？"一男惊讶地问，"这是怎么回事？"

九十九的父母都是老师，他们是个很普通的家庭，他不可能继承庞大的遗产。

"做……做股票。我从大二开始做股票，起初只是为了验证正在研究的概率论，实验性地玩玩而已，但我好像有这方面的天分，在大……大学二年级时赚了一千万，三年级时赚了五千万，最后终于超过了一亿日元。"

一男惊讶不已。自己和九十九整天在一起，竟然完全没有发现他的另一面。一男说不出话，九十九说话却渐渐流利起来。这是除了表演落语以外，第一次看到他说话这么流利。

"所以，我和你一起旅行时，不愿付钱给带路的少年，吃饭时计较一两块美金，还有搭出租车时讨价还价，其实这些事对我来说，根本都无所谓。"

"九十九……你……"

"旅行的目的，不就是对这种事乐在其中吗？想要一些小东西，然后讨价还价，用越便宜的价格买到越开心。但是，我发现自己无法对这种事感到快乐。虽然有很多钱，想要什么就可以买什么，但我对金钱失去了兴趣。我对这样的自己感到害怕，所以我才会那么计较，让自己对小钱也很执着。"

为什么九十九坚决不同意付钱给那个少年？一男内心的迷惑终于解开了，就像收音机终于调到正确的频道般豁然开朗。

九十九继续说道，好像要把内心的话一吐为快。

"但是，无论我怎么执着，都无法发自内心地乐在其中，觉得这些事根本无所谓。如今我知道了，有钱可以解决所有的事，所以对生存这件事也失去了兴趣。"

"九十九……你什么都没改变，还是以前的九十九，驼背、很容易紧张，但可以表演最棒的落语。"

"不，不对，我应该已经变了，和那部电影一样。'观光客在抵达之后，就开始想回家，但旅人有可能从此不回家。'在金钱的世界，我已经不再是观光客，而是旅人，我已经踏上了旅程，我相信是漫长的旅程，需要花很多时间才能回来。"

太阳从地平线升起，深蓝色的天空被乳白色的光团融化。绵延的数千个沙丘在转眼之间从红色变成了橙色，进而变成了芥黄色。

朝阳太美了，一男眯起眼睛注视着朝阳。

从今以后，从今天的朝阳升起之后，我和九十九将生活在不同的世界。他产生了这样的预感。

"九十九，我能够为你做些什么吗？"

"我希望你等我，我认为自己最后一定能回来，既然踏上了旅程，如果不彻底走完旅程，就无法找到回家的路。在市场找不到你，但又非找到你不可时，我决定要用钱找到你。那时，我决定了自己以后该走的路。从今以后，我要面对金钱，要彻底面对金钱，见识一下金钱的天堂和地狱，我会尽己所能，看看能不能发现金钱到底是什么。"

"九十九……"

一男绞尽脑汁，也不知道该对九十九说什么。

对一男来说，九十九是他人生第一个好友，应该也是最后的好友。九十九独自烦恼、痛苦，自己却无法为他消烦解忧。他来这里救我，我却无法帮他。九十九将要远离，我却无法挽留他，甚至无法祝福他踏上旅程。一男觉得自己很没用，泪水都快要流出来了。

"一男，你愿意等我吗？"

美丽的朝阳映照着即将分道扬镳的两个人，九十九注视着朝阳说。

"我会找到金钱和幸福的答案，然后一定会回来，到时候我们两个人就是一百分的完美。"

咚。听到有东西重重放下的声音，一男醒了过来。

那是在参加完圆华芭蕾舞汇报演出回家的路上，他发现自己坐在电车上睡着了。他太累了，今天感情起伏太大，大脑需要休息。

　　一男打算再度闭上眼睛时，又一次听到咚的一声，有人在他旁边坐了下来。

　　"脑筋急转弯……"身旁的男人突然问道，"人类的意志无法控制三……三件事，你知道是哪三件事吗？"

　　一男看着对面车窗上映照出的身旁的男人。

　　他一身黑衣，一头蓬乱的天然鬈发，一双黑猫般的眼睛。

　　是九十九。

　　因为太突然，一男不知道该怎么办。他很想立刻抓住九十九，但手指无法动弹。身体好像中了邪一样失去了自由。一男用颤抖的声音回答。

　　"死亡、爱情，还有金钱。那天花天酒地时，你告诉我的。"

　　"答对了，但只有金钱有时候会和其他两件事不一样，你知道为什么吗？"

　　九十九就像在表演落语时一样口齿清晰，好像在朗读剧本。

　　"我不知道……九十九。"

　　"人从诞生的那一刻开始，就注定会有死亡和爱情，但金钱是人创造出来的。人把信用变成了金钱。人发明了金钱，把金钱视为一种信用，使用金钱。既然这样，你不认为金钱就代表人类本身吗？所以我们只能相信别人，在这个充满绝望的世界，我们只能相信别人。"

"九十九，这是怎么回事？你为什么带着我的三亿日元消失了，你倒是说清楚啊。"

一男搞不懂太多事，不由得陷入了混乱，他希望九十九能够向他说清楚所有的事。

"一男，我们是在哪里认识的？"

"落语研究社啊。"

"我最拿手的剧目是？"

"《芝滨》！"

一男想起来了。摩洛哥的沙漠、广阔的沙丘、淡紫色的天空。

九十九琅琅地表演落语，表演的正是他最拿手的《芝滨》。

鱼店老板得知捡到巨款只是梦境后，洗心革面，开始努力工作。

鱼店老板的手艺很好，所以店里的生意很快步上轨道，三年后，他把店重新改装，很气派。

那年除夕的晚上，鱼店老板娘从家里拿出那个钱包，然后对老板说出了真相，"我一直把这个钱包藏着"。那一天，老板娘看到老板捡到一大笔钱，立刻不知如何是好。照这样下去，老板一定会继续好吃懒做，于是她趁老板喝得酩酊大醉，骗他说"根本没有捡到钱包，那是你在做梦"。

老板得知真相后，并没有责备她，反而很感谢她用完美的谎言让自己重新振作起来。老板娘流着眼泪，慰劳努力工作的丈夫，问他说："要不要难得喝杯酒？"老板起初拒绝，最后情不自禁拿起了杯子："嗯，好吧，那就喝一杯吧。"他把酒杯举到嘴边，突然放下了酒杯。然后说了这句话："不喝了，不然又做梦就惨了。"

电车上，坐在一男身旁的九十九说，脸上带着之前在摩洛哥的沙漠上看过的腼腆笑容。"你说想要知道金钱和幸福的答案，希望我教你怎么用钱，所以我希望你去见见十和子、百濑和千住，希望你见到他们之后，听听他们的故事。虽然对你有点抱歉，但我事先通知了他们，你会去找他们，只是由他们自己决定要对你说什么。我希望他们和你分享各自的金钱和幸福的答案，希望你知道金钱会如何改变一个人。"

一男这场为期三十天的金钱冒险经历已经结束。《芝滨》也已经结束了。

一男无言以对，九十九继续说道："总而言之，卓别林说得完全正确，人生需要的只是勇气、想象力，还有少许金钱。具备了想象力，就能够了解世界的规则，然后带着勇气踏进世界。具备了这两点，只要少许金钱就足够了。我认为这句台词应该就是这个意思。他在得到庞大资产后写的这句台词是至理名言。"

"你果然是九十九，我只是一而已。我赢不了你，一切都掌握在你的手里。"

一男无力地说。

九十九目不转睛地看着一男问。

"一男，你有没有找到金钱和幸福的答案？"

"我还不知道，但我想这个答案应该在人的心里吧。"

"你的回答算是答对了，又算是答错了。也就是说，金钱和幸福的答案并不是唯一的，每个人都有各自的答案。正因为这样，当我站在到底该相信别人，还是该怀疑别人的三岔路口时，我再度决定选择相信别人。"

九十九注视着一男，继续说道。

"是你让我有了这样的想法，我虽然找到了九十九个答案，却无论如何无法找到最后一片拼图。一男，是你为我补上了这最后一片拼图。我听说了我的朋友和你聊了什么，虽然你为钱所苦，却仍然愿意相信我。这件事深深打动了我，让我想要再度相信别人。我终于完成了金钱的旅程，可以回来了。我们两个人在一起，才是一百分的完美。"

九十九像在唱歌般一口气说完，当他说完时，电车刚好在车站停了下来。车站昏暗，没有什么灯。车门打开，冷风吹了进来。九十九把双手插在口袋里，无声无息，像黑猫般动作轻盈地下了车。

一男无法动弹，目送他的背影离去。

"改天见……"

九十九小声道别时，电车的门关上了。

九十九站在站台上，一男坐在座位上，注视着九十九。

他们相互凝望。

电车离开了，九十九抬头仰望天空，一男也跟着抬起了头，看到了上方的行李架。

那里放着一个熟悉的旅行袋。

　　一男拎着沉重的旅行袋下了车。

　　他沿着河边昏暗的道路走了十五分钟，走回面包工厂的宿舍。九十九、十和子、百濑、千住。他接二连三地回想起这三十天来所发生的事。每个人都追求金钱，被金钱所困，每个人都努力想要得到幸福。一男可以清楚回想起他们说的每一句话。

　　一男缓缓走上公寓的楼梯，打开了薄木板门。

　　眼前是约七平米大的房间。

　　小猫马克·扎克伯格喵喵叫着走了过来，用爪子抓着一男手上的旅行袋。它可能以为里面装了猫食，当一男缓缓打开旅行袋，它露出一脸"怎么又是纸？"的表情，转身走到窗边梳理起了毛。

　　旅行袋和之前一样，塞满了一叠叠百万日元纸钞。

　　一男像以前一样，慢慢把一叠叠纸钞排在榻榻米上，榻榻米上全都是福泽谕吉。三百叠一百万日元纸钞，连同那天晚上花掉的钱，都物归原主，回到了他的手上。

　　一男再度变成了"亿男"。

　　他想象着世界上的"亿男们"。

　　他很想问他们每一个人，你们真的幸福吗？

　　这个世界上，到底有几个人找到了金钱和幸福的答案？

一男目不转睛地看着整齐排列的福泽谕吉，想要寻找答案。

福泽谕吉的脸看起来既像在笑，又像在哭。

过气谐星鼓励生病的芭蕾舞者："人生需要的只是勇气、想象力，还有少许金钱。"

卓别林说："奋战吧！为人生而战！享受生命，享受痛苦。生命很美好，也很美妙。人免不了一死，也无法躲过活着这件事。"

一男和圆华走在商店街，回想起九十九告诉他的这句台词。走在前面的圆华推着刚买的绿色自行车。那辆自行车对身材娇小的圆华来说有点大，但终有一天，这辆自行车会"显小"。

商店街的入口正在举办抽奖活动。三等奖是自行车。一男和圆华看了一眼抽奖活动，走进自行车行，买了那辆绿色自行车。那是用失而复得的三亿日元买的第一件东西。

父女两人来到河边。

太阳已经下山，暗中呈灰色的草木在冷风中摇摆。几个中年男人在河边钓鱼，一群少年在前方的运动场上踢足球。走上运动场前方的陡坡，是一条勾勒出和缓曲线的细长道路，有人在那里慢跑，有人带着狗在散步。

绿色自行车摇摇晃晃地骑在其中。

圆华双脚颤抖地踩着踏板。她可能还不习惯骑大自行车，所以不懂得如何使力，踩起来很费劲。自行车的把手左摇右晃。一男跑过去，在后面推着自行车。自行车缓缓骑了出去，一男小跑着跟在后方，但渐渐拉开了距离。一男放弃追赶，停了下来。圆华娇小的背影和自行车一起远去。一男喘着气，目送她的背影离去。

卓别林说："人免不了一死，也无法躲过活着这件事。"

既然这样，我们就只能为人生奋战，经历痛苦，然后继续活下去。

带着勇气和想象力继续活下去。

圆华的背影越来越遥远，也许已经追不上了。

竟然离得那么遥远。

一男回过神来时，发现自己跑了起来。起初只是慢慢地，但越来越有力，越跑越快。

他还想和圆华、万佐子继续生活在一起。

希望仍然是一家人。

他无法放弃。

当他看着圆华渐渐远去的背影时，他想要追回来。

他有很多钱，但至今仍然找不到想要的东西。

但是，想要追回失去的东西这种"欲望"让他有了生命的动力。

让他跨出一步，再一步，让他继续向前。

一男不顾一切地奔跑着。

在河边散步的老夫妇和参加完社团活动、放学回家的高中生都看着一男笑了起来。

一男奋力奔跑的样子和假日河岸平静的气氛很不谐调。他咬紧牙关，气喘如牛，追着圆华的背影拼命向前奔跑。

"爸爸，你怎么了？"

圆华惊讶地问。

一男不知不觉已经跑到自行车旁。

"爸爸不是说过吗？爸爸跑得很快！"

一男虽然上气不接下气，但还是笑着大喊。

"爸爸，你别逞强了！太不像你了！"

圆华调皮地笑了笑，用力踩着踏板。

绿色自行车开始加速。

一男奔跑着，拼命追赶着。

他的脚底发麻，肺部开始疼痛，全身都可以感受到心脏的剧烈跳动。

他笑了起来，眼泪却流了下来。

"没骗你！爸爸以前是接力赛选手！"

一男甩动双臂，向前奔跑。

他追上了自行车，身后扬起一阵尘土。

お金と幸せの答こが

見つかりますおん！

川村元気

祝愿找到金钱和幸福的答案！

川村元气